제주도

제주도

송양의 시집

월파출판

책머리에

해발 1,950M 한라산이 중앙에 솟아 있고 그 밑에 68개의 오름이 있는 제주도. 총 26개의 올레길과 수많은 곶자왈이 있는 제주도. 파헤칠수록 양파처럼 속을 알 수 없는 신비의 섬. 제주도의 매력에서 빠져나오려면 앞으로도 몇십 년 더 갈 듯.

제주도에서 4년째 살고 있다. 삶이 시처럼 아름답다. 다 내려놓고 제주도의 삶 속에 묻혔다. 갖고 있는 것도 누리지 못하면서 갖지 못한 것, 없는 것만 가지려 하기에 불행이 싹틈을 알게 되었다.

제주도는 신화가 되살아나는 곳이다. 제주에서는 마음대로 남들 신경 쓰지 않고 춤을 출 수 있는 곳이다. 푸른 바다는 푸른 꿈이 식지 않도록 채찍질하는 곳이다. 제주도에서 살다 보면 해피엔딩을 믿게 된다. 연중 파란 숲에서 산다.

눈부신 햇살 빛나는 바다를 매일 보는 것은 기본. 싱그러움 가득한 제주는 언제든지 환하다. 언제나 마음의 쉼표요, 발길 따라 만나는 자연의 경이로움을 즐길 자유가 보장된 곳이다.

꿈꾸는 여행자의 곳, 제주.

행복하기 위해 무엇이 더 필요하단 말인가. 잃어버렸던 순수함과 설렘을 되찾을 수 있는 곳. 사는 것이 힘들다면 휴식할 수 있는 곳. 많이 가져야 행복할 수 있다는 것이 편견임을 알게 하는 곳, 제주는 그래서 멋지다. 멋진 제주를 시로 풀어 마음껏 노래해 본다. 덕분에 나의 32번째 창작집 「제주도」 시집은 웃으면서 태어나는 모양이다.

지금 살고 있는 서귀포 강정동 집에서 시 한 수 읊어 보며 머리말에 대신한다.

서귀포 강정동 집에서

창문을 연다, 새가 날아간다
새들의 소리가 메아리친다
귀가 즐겁다
푸른 감귤밭에
하늘 높은 줄 모르고 자라난
야자수 흔들리는 소리
자연의 소리가 가슴에 물결친다
세상에 살면서 세상 밖에 사는 느낌
푸른 세상은 마음을 상쾌하게 하고
초록의 기운은 눈을 즐겁게 한다
꽃과 나무와 바다가 어우러져

영혼을 맑게 하면
멀리 파도 타고 가는 배에
내 삶도 실어 주고 싶다
춤추는 바다에
둥실둥실 햇빛이 반짝인다
자연과 살아가며
도시 속에서 없던 나를 본다
대자연이 눈앞에 펼쳐지는 풍경
서귀포 바닷가의 삶이
윤기 있는 순간이다
범섬이 다가온다
영혼이 충만해진다
따뜻해지는 마음도 설렌다
더 바랄 것이 없다
향기 그윽하고 새들 유혹하니
소풍 나서야겠다

2018년 1월 1일
제주도 강정동에서
월파 송양의

• 차례

제주도

자연의 소리가 가슴에 물결친다

제주 노을

갈매기 한 쌍이 사랑놀이 한다
사진기를 들이밀어도 떠나지 않는다
다 찍을 때까지 그 자리에 있기를 바랐다
"서두르지 말아요
남에 대해 관심 없어요
저희 사랑을 방해 말아요."
그런 대답을 들은 후 쑥스러워졌다
여유로운 해변에 노을이 진다
제주도의 이런 풍경은 일상이다
누군가 하늘에 그림을 그리고 있다
붉은 색칠이다
천천히 빨강으로 그린다
붉은 캔버스에 붉은 여의주가 그려진다
갈매기처럼 사랑도 서서히
물들어져야 오래가는 것인가
어둠과 사랑이 짙어져 간다

아부오름

아부오름 분화구에 섰다
자연이 뿜어내는 자태
눈앞에 펼쳐진 파노라마 뷰 장관
제주인 듯 제주 아닌 듯 제주 같은 곳
때 묻지 않은 풍경이 숨을 막히게 한다

용암은 물을 보관하지 않는다
인간처럼 움켜쥐고 자유를 저당 잡히지 않는다
나무는 이끼의 수분으로 견디는
자연의 경이에 감탄하지 않을 수 없다
숲들이 동굴 속에 숨었다
마그마는 수많은 거목을 쓰러트리고
땅속에 숨었다

천 년 전에 사라진 숲에 다시 숲이 생기고
깊은 땅속 호흡에 귀기울여 본다
살아 있는 것은 언젠가는 땅속에 묻힌다
아!
살아 있는 것은 모두 행복하구나

물찻오름

산 정상에 호수가 숨어 있다
물수제비뜨다가 나무 잡고 바라본다
영영 못 찾을 산봉우리 속 분화구
神이 감추어둔 곳을 찾았다
신이 들키도록 하였을까
신이 일부러 공개하고 싶었을까
여긴 신들의 수영장
신들이 놀다간 흔적을 찾는다
이끼 덮인 화산바위는
방금 떠난 것처럼 따뜻하다
호숫가 쓰러진 통나무 위도 아니겠지
풀과 나무가 어우러진 숲도 아니겠지
수많은 새들이
서로 먼저 알려주겠다고 말한다
까막눈인가 내가
나를 못 찾으니 알 수가 없다
신이 앉았음 직한 바위에 앉아
낮에 꾸는 꿈은 이루어진다는 말
벌건 대낮에 내 속을 들여다본다

제주도의 꿈

돈에게
영혼을 팔기 싫어 떠나왔다
꿈이
이루어질 수 있는 곳을 찾았다
하고 싶은 일만 해도 충분하다
과거는 존재하지 않고 미래가 있다
꿈이 뿌리내린다
돈이 없어도 아름다운 곳
행복했던 어린 시절부터
다시 시작할 수 있는 곳
인생을 잃지 않고
영혼도 찾을 수 있는 곳
무엇인가 묶여 있다면
제주도의 꿈은 불가능했을 것
다 내려놓고
이곳에서 정착할 것이다
내가 가장 부러운 사람은
좋아하는 일을 하는 사람

하고 싶은 일을 하고
좋아하는 일을 즐기는 사람
닮으려고 집을 꾸몄다
제주도 바닷가 작은 집
들판에 핀 야생화들 화사하다

제주도 일상

제주도에서는 돌이 물을 마신다
흐르는 물소리가 돌이 물 마시는
소리로
바뀌는 것을 듣는다
구름이 한낮을 접는 것을 본다
돌더미에 앉아
상쾌한 바람의 촉감을 즐긴다
감귤 향에 내 몸이 빠져든다
시간 감각이 사라진다
제주도의 풍경은
다른 아름다움과 경쟁하지 않는다
어느 곳을 보아도 멋지다
평범한 일상이지만
제주도의 일상은
뭘 해도 지치지 않는다
나중에는 무엇을 할 것이냐 묻는다면
오늘처럼 행복하고 싶다
내일도
오늘 같은 생각으로 살면 될 것
오늘도
매혹적인 깊은 잠에 빠질 것이다

제주도 오름

숲의 향기가 꾀어 어쩔 수 없다
등산화 신고 제주 오름을 오른다
청정지역을 호젓하게 걷는다
산길은 더할 나위 없이 아름답다
산 정상으로 향하는 길에 나를 맡긴다
피톤치드가 높이 오르도록 부추긴다
지치기 전에 정상에 도착한다
모든 자유로운 풍경이 준비되었다
탁 트인 시야가 눈앞에 펼쳐진다
독특한 짜릿함이 나를 감싼다
표현할 수 없는 평화가 가득이다
죽음의 고요를 즐기게 해 줄 무덤이다
자궁 안의 포근함은 기억나지 않지만
지금의 조용하고 편안함이 그런 것이리라
제주도의 오름은 어디 가도 멋지다

제주 올레길

해변을 따라 산책한다
밀물 때
보지 못했던 모래들이 펼쳐 있다
썰물 때는
물 빠진 곳이 길이 된다
새들의 소프라노를 들으며 걷는다
하늘은 썰물에 씻긴 듯
맑고 깨끗하다
얼룩 하나 없이 파란 바다로 갈매기 난다
부서진 파도가 발자국을 지운다
머릿속에 얽혀 있던 것 모두 씻긴다
끊임없이 반복되는 파도 소리 새소리
사뿐한 발걸음은
아름다움을 헤쳐 나간다
아무것도 생각하지 않아도
지치지 않는다
꿈속 걷듯 걷는다
행복함이 머리끝까지 가득하다
시원한 바람이 파도와 리듬을 맞춘다
파도가 암초를 때린다
철썩거리는 소리에 시간조차 잊는다

바다와 숲과 내가 하나 됨을 느낀다
올레 코스를 걷는다
그냥 걷기만 하는데 벅찬 감동이다
사뿐히 걷는다
죽음을 향해 걷듯 조용히 걷는다
바다 파도 소나무 바람과
그 어떤 것도 흡족해하며 걷는다
살아 있는 행운을 만끽한다
거친 곳을 떠나 이곳에서
편안함을 느끼고 치유받는다
나보다 영혼이 더 한가롭도록
휴식을 취하며 호흡하며 걷는다
활기찬 피로가 더없이 편안하고
기분이 날아간다
충만함을 온몸에 느끼며
모든 것 안에 존재하는 나를 본다

제주 환상 숲 곶자왈

환상 숲을 걸으며
곶자왈을 들어서면서 매혹된다
안정감과 안락함이 느껴지고
모든 것이 합쳐져
특별한 아름다움을 만들었다
사랑스런 풍경에 한없이 기쁘다
수백 년 견딘 나무가 맞이한다
일 년 내내 푸름을 간직하며
하늘과 색을 겨룬다
제주도의 심장 곶자왈
피어난 야생화가 각각 다른 향기를 낸다
아무것도 보채지 않아서
아무것도 하지 않아도 된다
그저 새들의 노랫소리에
귀를 기울이면
그만이다
어쩌다 만나는 사람들에게
기쁨이 전염되었을까
활기찬 기운에 취한다
시간이 잠시 멎더니
그 시간은 사라지고

행복이 환상 숲을 메웠다
나무들이 나뭇잎을
붙잡고 있는 곳
푸른 나무들의 속삭임에 취한다
누가 이 행복을
빼앗을 수 있을까
나무들도 내 마음을 듣고
구름 위를 걷듯
곶자왈을 걷는다

저지 곶자왈

화산꽃이 피었다
불타는 열정의 마그마가
송이송이
작은 동산을 만들었다
화산꽃이 바닥에 귀기울이며
땅속으로 흐르는
강물 소리를 듣는다

이끼가 돌을 감싸고
그 위로
뿌리들이 다시 감쌌다
용암이 흐른 사이로
바위 뚫고 뿌리 내린
수목이 울창하다
강이 지하에 숨어 있는
푸른 생명이 가득한 곶자왈
제주도의 곶자왈은
생명의 시작이요 끝이다

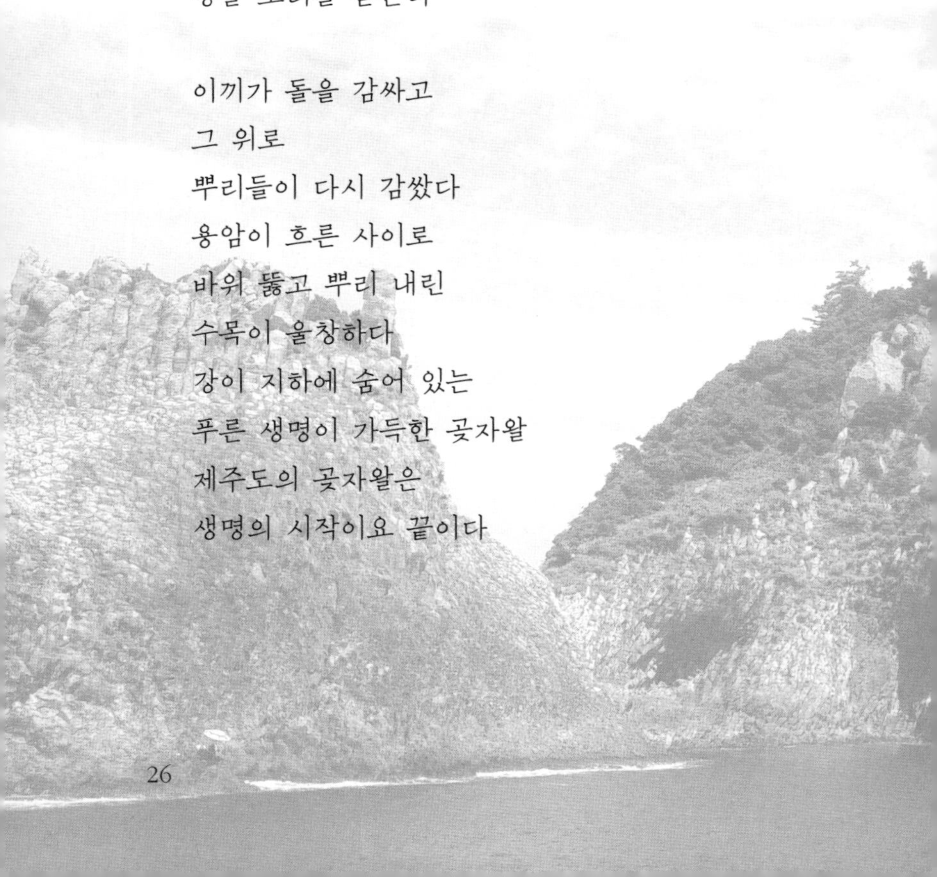

갯깍 주상절리대

바람에 날으는 겨처럼 날아왔다
민들레 홀씨처럼 흩날려왔다
여긴 떨어지기 위해 모여 있는 곳
떨어지는 것은 주상절리만이 아니다
한없이 내리고 있는 수직의 곡선
보고 있으면 보는 사람도
덩달아 하강한다
아니다, 올라가고 있다
자세히 볼수록 신비롭게
주상절리가 수직으로 상승하고 있다
바닷물까지 끌어올려
관람자 자신도 상승하고 있다
모두 비상한다
갯깍 주상절리대는
비상의 시작이요 끝이다

서연의 집

카페의 매력은 애달픈 사랑 때문일까
카페 서연의 집에서 설렘을 만난다
커피를 주문할까 사랑을 주문할까
사랑 한 잔을 마시며
바다에 넋을 놓고 나를 찾는다
내가 썼던 수많은 작품들을
사람들이 잊을 것처럼
내가 쓰지 않고 말하지 않았던 것들은
기억될 것이다
나는 작가로 사라질 것이다
무명 시인 실패한 작가로 기억될 것이다
멍한 생각에 빠졌다가
건축학개론 영화의 장면에 취하면서
사랑에 빠졌던 장소들을 그리워한다
머물고 싶었던 과거를 잊고
지금을 느끼자
방황을 끝내려면
진정한 사랑이 필요할 거야
사랑할 용기 없다면
서연의 집에서 바다를 보자
상대가 행복할 수 있도록

자신의 삶을 바쳤는가
상대를 마음으로만
사랑하였을 뿐이었는가
2층에 앉아 바다를 바라보며
사랑을 질문한다

돈내코 계곡

누구나 神仙신선이 되는 곳
돈내코 계곡에 앉아 꿈을 꾼다
사랑을 이뤄준다는 원앙폭포
양쪽 두 줄기로 떨어지는 폭포가
서로 사이좋은 원앙새 같다 해서
원앙폭포인지
하트 모양을 이루며 힘차게 흐르고
비경에 취하며 시원함에 놀란다

산자락을 타고 흐르는 섬섬옥수는
암반을 만나 계곡미를 뽐내고
폭포 아래서 물 맞을 수 있는
배려도 있는 곳
우거진 숲은 계곡과 더불어
무릉도원이다

추억을 자아내게 하는
체험을 할 수 있는 여울
고운 물길에
하얗게 센 바윗돌에 앉아
웅장한 적벽 보며

절로 탄성 내는 곳
원앙폭포가 있는
돈내코는 은밀한 신세계다

매일 올레시장

소라 멍게 흔들어 깨워
한 잔의 술에 사랑이 취한다
서귀포 매일 올레시장은
살아 있는 리듬
서로의 어깨를 감싸며 걷는 길
누구도 부끄러워하지 않는다

오메기떡 돌하르방빵 손에 들고
호사한 입이
산란기 새들 지저귀는 소리처럼 요란하고
없는 것 빼고 다 모여 있는 전통시장

수많은 인파가 몰려다니는 이유를 알겠다
추억하며 상상하며 기쁨이 솟구친다
어떤 사람은 살고 싶어서
살아 있는 모습을 보려고 왔단다
누군가 그리워하는 별이 바로 이곳

범섬

사람이 보이지 않는 섬
작은 배들이 닻줄 내리고
섬처럼 서 있다
움직이지 않는 배는 섬이 된다
서귀포항에서도
강정 포구에서도 범섬은 보인다
흔들리지 않는 채로
흐르지 않는 채로
파도가 멈춘 적 없고
세상이 가만있은 적 없지만
범섬은 항상 그 자리에 있다
누가 밀어내려 해도 끄떡없다
멈춘 채로 쓸려가지 않는다
우리처럼 지나치게
생각이 많아 보이지 않는다
다 놓고 사는 수도사 같다
범섬은 오늘도 휴식하고 있다
바다에서는
바다의 주인이 섬이다

새벽 올레 7코스

안개 속에 갇혀 숨바꼭질이다
제주도의 야생말들이 입김을 뿜고 있을까
술래 없는 새벽 올레 7코스는 안개코스
이른 아침에 나만의 세상을 누린다
나는 안다 안개만이
아무것도 아닌 풍경을 아무렇지 않게 만든다고
걷다 보면 안개는 걷히고
세상 어느 것도 지워지지 않았음을 본다
물이 차오르는 시간은 파도와 손잡아 보고
물이 건너가는 시간은
파도와 눈웃음 교환한다

안개는 돌아다니면서 그림을 그린다
풍경을 지우고 새로 그리고 조화를 부리고
안개 속에서 사랑을 헤매듯 걷는다
쉬운 길을 어렵게 가고 있다
꿈처럼 아름다운 풍경을 만드는 것
안개라는 것을 알기 때문이다
언젠가 우리들도 돌아가고 싶어질 것
기억마저 놓고 잃을 때가 올 것이다

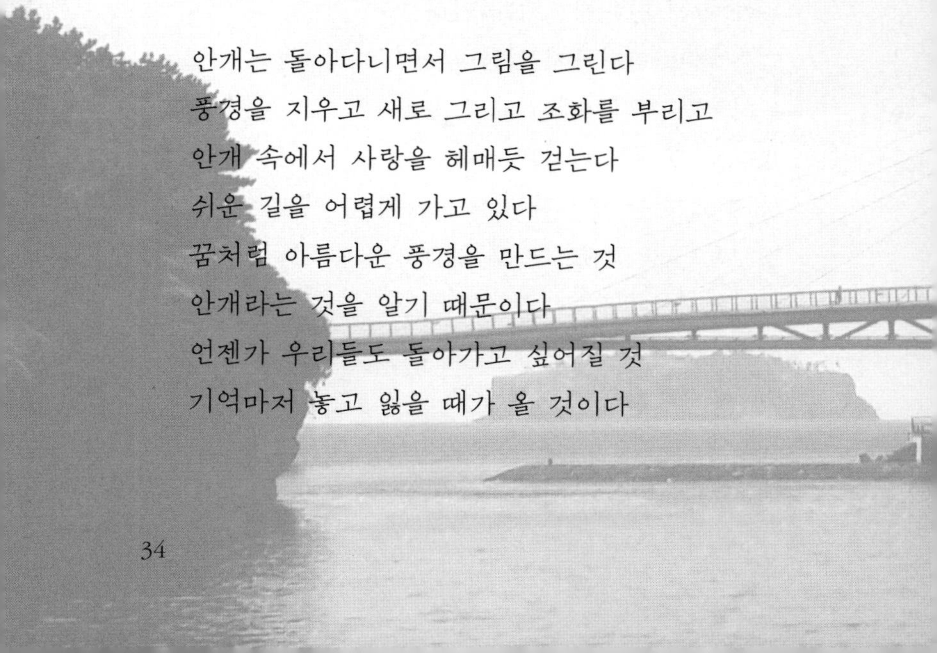

인생이란 바닥 없는 바닷속처럼
삶은 끝이 없는 깊음이라고 말한다
안개 속의 올레길은 명상길이다

추억의 숲길

황무지에서 시작하여
푸르고 다양한 빛깔을 뽐낸다
놀라운 자연의 힘이 숲에 있다
서귀포 추억의 숲길을 거닐며
내 안에 접혀 있는 힘을 본다
수풀을 헤치고 들어서면
노랫소리로 채워진 또 다른 숲
우주의 섭리인가 자연의 윤회인가
살아서 천년 죽어서 천년
누워서 천년 산다는 고목이 말한다
인간도 살아 있는 동안
다 이루어지기를 바라서는 안 되는구나
욕망만 무성한 나무는
불행을 만난다는 것을 안다
거센 바람을 견뎌낸 꽃이 더 아름답듯
바위를 뚫고 자라는 나무를 보면
삶이란 불완전하게 시작됨을 보게 된다
잘 알려지지 않아서 더 아름다운 숲길
추억의 숲길을 걷다 보면
삶의 가르침에 눈이 열린다

세포가 다 반응하는 신선한 숲길
이름도 예쁜 추억의 숲길을 걸으면
마음의 눈이 열린다

한라산

세상 밖이 그리웠나 보다
땅속에서 펄펄 끓던 마그마가
지상으로 솟구쳐 올라왔다
거대한 불꽃 축제가 끝난 후
한라산을 선물했다
이 세상에 존재하지 않던
아름다운 한라산이 탄생한 것
별을 잡고 싶었을까
은하수에 배 띄우고 싶었을까
하늘 높이 솟은 山
산 정상의 호수에
하얀 사슴들이 물을 마신다
백록담이라는 이름에 걸맞다
영험한 신선의 정원 한라산
아름답고 아름다운 한라산은
대자연의 경이다

용눈이오름

368개의 오름 중에 최고는
용눈이오름
오름의 곡선이 이렇게
아름다워도 되는지
아찔하다
관능적인 흐름에 따라 걷다 보면
곡선이 꿈틀댄다
화산 폭발로
수많은 기생화산이 생겼다는데
제주 동부에
가장 멋지게 만들어 놓은 곳
오를수록 매력에 빠져 숨이 찬다
푸른 물결 바다가 한눈에 밟힌다
끝없는 들판과
작은 오름들이 발아래 펼쳐진다
자연의 판타지인가
절경이 펼쳐져 있음에 또 감탄
어디선가 불어오는 바람에
몸과 마음이 힐링이다
용눈이오름에 오르면
내가 여의주다

제주 해안도로

어느 쪽이 더 좋은지
손꼽을 필요가 없다
어느 쪽으로 출발할지도
고민할 까닭이 없다
숲이 아름다운 길이
셀 수 없이 많듯
제주 해변도로는
환상적인 만남만 이어진다
돌고 돌아도 제자리
바다와의 재회
후일 바다를 잊게 되도
파도 소리는 잊을 수 없다
해안도로를 드라이브하면
누구든 세상의 주인공이 되어
환호하지 않을 수 없다
천연의 해안은 백미다
어디든 카메라만 대면 그림이 되고
이름만 붙이면 눈에 담을 도로다
해안에서 내려서
어쩌다 춤을 춰도 좋다
제주 해변에서는 춤을 못 추는 것은

부끄러운 일이 아니다
춤을 안 추는 것은 창피한 일
제주도 해변을 떠난다 해도
제주도는 그대로일 것
삶의 성지 제주도의 멋
그리워하는 것을
그리워하며 가면 된다
제주도의 해안도로는
그래서 멋지다

거문오름

제주에서 유일하게
세계유산 트리플 크라운 달성한 곳
백록담보다 세 배 큰 분화구에
잃어버린 세계가 있다
수십 킬로미터의 동굴이며 아열대 숲
세계 자연유산
유네스코 생물권 보호지역, 세계 지질공원
인정하지 않을 수 없는 버킷리스트
워낙 귀중한 자연유산이어서일까
다녀온 다음 날 또 다시
가 보고 싶은 오름
입장하라고 허가받아야
오를 수 있는 오름
다른 어떤 아름다움도 닿을 수 없는 곳
신의 영역인가
그렇지 않으면 이런 아름다움은 불가능할 것
제주 7대 비경 중에 하나
신비의 거문오름에 갇히고 말았다

비자림

어쩜 비자나무만 군락을 이루었을까
삼나무 숲길이 끝나면 비자림 입구다
수천 그루의 비자나무 자생 숲
神은 어쩜 비자나무만 좋아했나 보다
피톤치드가 가슴속까지 맑게 해준다
피톤치드 세례 받고
숲의 공기를 피부로 느낄 수 있는 곳
눈만 호강하는 것이 아니라는 곳
산책로를 느리게 천천히 걷는다
융단처럼 깔린 화산 송이석을 밟고 걷다가
운치 있는 자연정원에서
사색의 길로 접어든다
아마존 밀림지대로 착각하며 걷는 곳
비 온 뒤가 더 아름다워서 비자림일까
비 올 때 우산 쓰고 산책하면
더 훅 가게 된다는
비자림은 에덴동산을
미리 경험하는 체험장이다

신양 섭지코지 해변

제주도 동쪽 끝에 멈춘
신양 섭지코지 해변
고운 모래가 펼쳐지다가
바다가 길을 막는다
어느 쪽으로 모래를 밟고 가도
태평양 거친 파도가 가로막고
앞에 있는 섭지코지를 부러워한다
아무것도 없는 모래사장은
자세히 보면 아름다움만 있다
건조한 백사장에
작은 게들이 나들이 나왔고
아무리 기다려도 오지 않을
바다 열림은 그리움을 가르친다
더 이상 갈 수 없는 해변에서
한탄하지 않는 것은
오고 싶어서 온 해변에서
생존을 배우기 때문이다

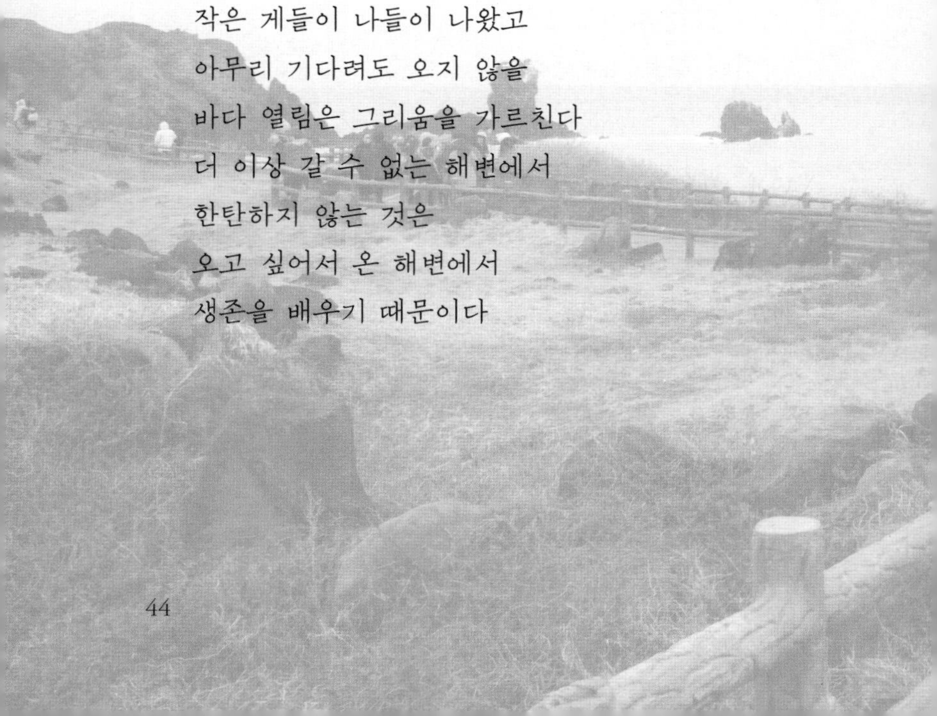

우리가 보기에 보잘것없는
발가락 사이 생물도
백사장에서 묵묵히 살아가듯
각자 빛나게 살면 된다
어느 때였든가
이곳도 숲이나 바다였을지 모르고
생명이 꿈틀거렸던
환경이었을지 모른다
섭지코지 해변은
나를 찾아가는 비움의 산실이다

연북정

한때 그리움이 불타는 사람만 찾던 곳
임금에 대한 애달픈 감정으로 올랐던 정자
북쪽 바다에서 파도가 친다

그 옛날에도 사랑이 없으면
아무 의미도 없는 삶이었냐고
제 홀로 외치는 파도에게 물어본다

진정한 사랑은
상대가 존재한다는 것에 내가 행복한 것
보이지 않는다고
존재하지 않는 것은 아니라고 믿는다

사랑은 진정 따야 할 꽃인지
연북정에 올라 목마르게 외친다

나!
사랑에 빠졌다

겨울 올레길

야자수 길을 걷는다
겨울에 주황색으로
들판을 채색했다
귤껍질을 틀림인 양
피우도록 놓았다
봄에는 꽃들의 향연
여름에는 푸른 들판
가을에는 황금 물결
겨울 설경마저 고와도
너무 곱다
하얗 눈, 파랑 바다
푸른 소나무, 야자수…
제주도의 올레길은
빛깔 잔치다

월정리 해변

모래가 살아 움직인다
바다를 품은 바람과
세월을 품은 모래가 시간을 움직인다
하루에도 수많은 사람들이 해변을 찾지만
백사장은 어제의 모습이 아니다
매일 새로운 모습으로 만날 뿐이다

세월은 사람이 만들지 않는 것
정해진 만큼 가는 것
한 알의 모래도 오랜 숫자 위에 탄생한 것
우리들의 삶도 그렇게 지루하지 않았던 것

언제 막을 내릴지 아무도 모르지만
백사장은 놀라운 자연의 작품을 만들었다
지난 시간들은 되돌아오지 않지만
답을 모른 채 해변을 마냥 거닐게 한다
예쁜 모래들이
맨발로 걸어 달라는 이유를 알 것 같은
매료당하고 나오게 되어 있는
월정리 해수욕장

제주도는 책이다

제주도는 온 천지가 도서관이다
오름의 장관이라든지
올레길의 풍경이라든지
제주도의 이런 것들이 책이다

제주도는
걷고 생각하다 보면 모든 것이 책이다
한 뼘만 나서면 파도가 있다든지
고개만 돌리면 한라산이라든지
제주도의 이런 것들이 모두 책이다

제주도는 온 천지가 책이다
태어난 어머니 뱃속에서 재탄생할 것 같은
제주도는 보이는 것들이 모두 책이다

제주도의 삶

제주에서는 독하지 않아도 된다
가을의 뱀처럼 독해질 필요가 없다
찬바람이 불어도 매만지면 따뜻하다

누군가를 미워할 이유가 없다
누군가를 비교할 이유가 없다
누군가보다 더 강할 이유는 더욱 없다

나뭇잎이 파랑에서 빨강으로
어떻게 건너는지 지켜보는 일
망망대해에 해 뜨고 해 지는 것
세어 보는 일
봄이 언제 깨어나고 겨울이 언제 잠드는지
느끼는 일만 해도 충분하다

제주도에서는
대지의 리듬이나 들으며 살면 된다
제주에서는
소용없는 일을 하며 행복하게 살면 된다

제주 바다

철썩거리는 파도가 하루에 몇 번이나 왔다 갈까
해안가 꽃들은 하루에 몇 마리 벌들과 입맞춤할까
바다는 외로우면 한라산을 정말로 가슴에 담을까
잃어버리고 싶은 제주 바다
바람나고 싶은 제주 바다
팽팽한 활줄을 풀어놓으라는 제주 바다
제주 바다는 자유 자유라고 마음껏 말하라 한다

사려니 숲

숲길이 아름다워 사려니 숲이다
신비롭다는 제주도말 사려니
어디선가 산소가 연신 뿜어 나온다
신령스러운 신성한 숲길
낭만 있는 숲, 나무 있는 숲
통 큰 나무 사이로 힐링 숲을 체험한다
오를수록 신비하더니
정상에는 호수까지 있다
환상적인 숲길 중에서 역시 으뜸
육지에서 느낄 수 없는 자유로움과 여유
눈이 시릴 정도로 푸른 숲길
연중 파란 열대 어느 밀림을 옮겨 놓았을까
제주도인데 제주도 같지 않은 사려니 숲
낯설어서 더 매력적인 숲

서귀포 자연휴양림

한라산 중턱에
울창한 원시림이 숨어 있을 줄이야
온갖 수종이 어울려 울창한 숲이 있는 곳
산책로에는 있어야 할 것은 다 있는 곳
하늘을 밀어올리고 뻗은 삼나무 편백나무
그 사이로 향기로운 공기가 가득
무한 상상하며 천천히 데크 따라 걷는다
세상을 뚫을 듯
큰 나무는 올려보지 않아도 된다
비밀의 숲은
아는 사람만 아는 여행자들의 버킷리스트
상상 속의 숲, 서귀포 자연휴양림
산책자의 마음을 온통 빼앗아 가는 곳
걷다 쉬다 몇 시간 반복하다 보면
어디에서도 경험하지 못한
특별한 추억이 된다

절물 휴양림

삼나무가 입구부터 위용을 자랑한다
여긴 피톤치드 천연 공장
산책로 따라 걷다 보면 절물오름 정상이다
제주도의 여유를 걷고 만지고 즐기면서
느릿느릿 걷는 재미가 쏠쏠한 곳
숲속에서 요정이 손 흔들어도
놀랄 필요가 없는 곳
그림 같은 숲길은 처음부터 동화다
눈이 높은 사람도 허무 여행지가 아니라는 곳
숲길에서 럭셔리 호강을 누린다
치유의 숲 피톤치드의 향연 산림욕
삼나무 숲에 들어서면
시간은 멈춰 서서 나를 기다린다

방주교회

모든 길은 바다로 이어지는 것일까
산길을 돌아가면 태평양을 향해
곧 출항하려는 배가 있다
언제 밀물이 올라와서 배를 띄웠을까
산 위에 배가 바다를 그리워하고 있다
노아의 방주가 이곳에 정박했단 말인가
물 위에 떠 있는 건축술이 예술이다
물결이 칠 때마다 배도 출렁 거린다
노아의 방주가 이곳에 있는 이유를 묻는다
노아처럼 살면 구원받는다고 알려주려는지
풍광을 감상하며 삶을 돌아보라는 것인지
말없이 출항을 기다리는 방주교회
높은 산 속에 떠 있는 배는
뱃고동 소리를 제 홀로 울린다

이중섭 거리

서귀포에서 가장 쉬엄쉬엄 걷고 싶은 거리
예술가의 쉼터가 자연스럽게 어우러져 있다
40세에 요절한 천재 화가를 보다가
이중섭과 대화하며 그리워한다

그가 산책한 길을 따라 걷다 보면
궁핍한 생활을 연상하는데 슬픈 바람이 인다

작가의 산책로는 그를 추억하기 좋은 곳
이중섭 거리는 지붕 없는 미술관
제주도 서정이 묻어나는 조형물이 유혹한다
서귀포 이중섭 거리는 예술가의 길

엉또폭포

제주도에서 가장 큰 폭포
한라산에서 흘러내리는 물이
절벽에 몸을 던진다
폭포는 비밀을 하나 감추고 있다
비가 많이 온 다음에만
모습을 보여주는 것

비 온 뒤
북적이는 사람을 뚫고라도 꼭 봐야 하고
한 번 본 사람은 비가 오면
다시 찾는 중독성 있는 폭포
거대한 폭포의 굉음에 제주도가 들썩인다

눈과 마음을 홀리는 장관
낯선 매력은 관람자를 열광하게 한다
자연에 둘러싸여 넋을 잃고
엔돌핀이 하늘을 찌르게 하는 곳
엉또폭포는
세상을 다 집어삼킬 포효다

쇠소깍

민물과 바닷물이 동거하는 곳
에메랄드 물빛이 경이롭다
소가 누워 있는 모양의 웅덩이라는 쇠소깍
하늘처럼 푸른 물에서 카약과 테우 체험한다
유쾌! 상쾌! 통쾌!
해변에서는 물수제비뜨고
동심의 세계로 돌아가는 마음은
쇠소깍 비취빛 물 같아진다
한없이 호사에 가까운 블루를 보며
울창한 소나무 밑에서 여유를 누리다가
쇠소깍 내려다보며
인생 최고의 순간을 누리면 여기가 천국

대포 주상절리대

대한민국 최대 규모의 주상절리대
해안가 안쪽에 수줍은 듯 숨어 있다
파도가 쉬었다 가려고 파놓은 동굴 두 개
올레 8코스 지나면서 볼 수 있지만
용기 있는 사람에게만
민낯을 보여준다
파도 소리 들으며 몽돌 해변 걸으면
모든 상상조차 잊어버리게 만든다
가기 힘들어서 바닷가의 끝이라 했을까
바다 끄트머리 주상절리대는
숨바꼭질 절경이다

외돌개

바닷가에 제 홀로 우뚝 솟아 있다
혼자 외롭게 서 있다 해서 외돌개
용암 기둥은
바다 위에 무엇을 만들다가 갔을까
황홀한 비경에 취해 말을 잊게 만든다

옆에 있는 황우지는 천연해수풀장
믿기지 않을 정도로 맑고 파랑이다
숨어 있는 절경에서 스노클링하다가
송림 그늘에서 외돌개 바라보면 또 감탄

한 폭의 수채화도 이렇지는 않을 것
하얗게 파도가 바위를 친다
물보라가 장관을 이루며 사라지는 곳에
발길을 붙잡고 탄성을 질러댄다

누가 더 푸른지 내기하는
하늘과 바다
그 사이에서 호흡하고 있다면
압도적인 유혹으로

시간을 멈추게 하는 외돌개는
외롭지 않은
이유를 알게 하고도 충분하다

강정천

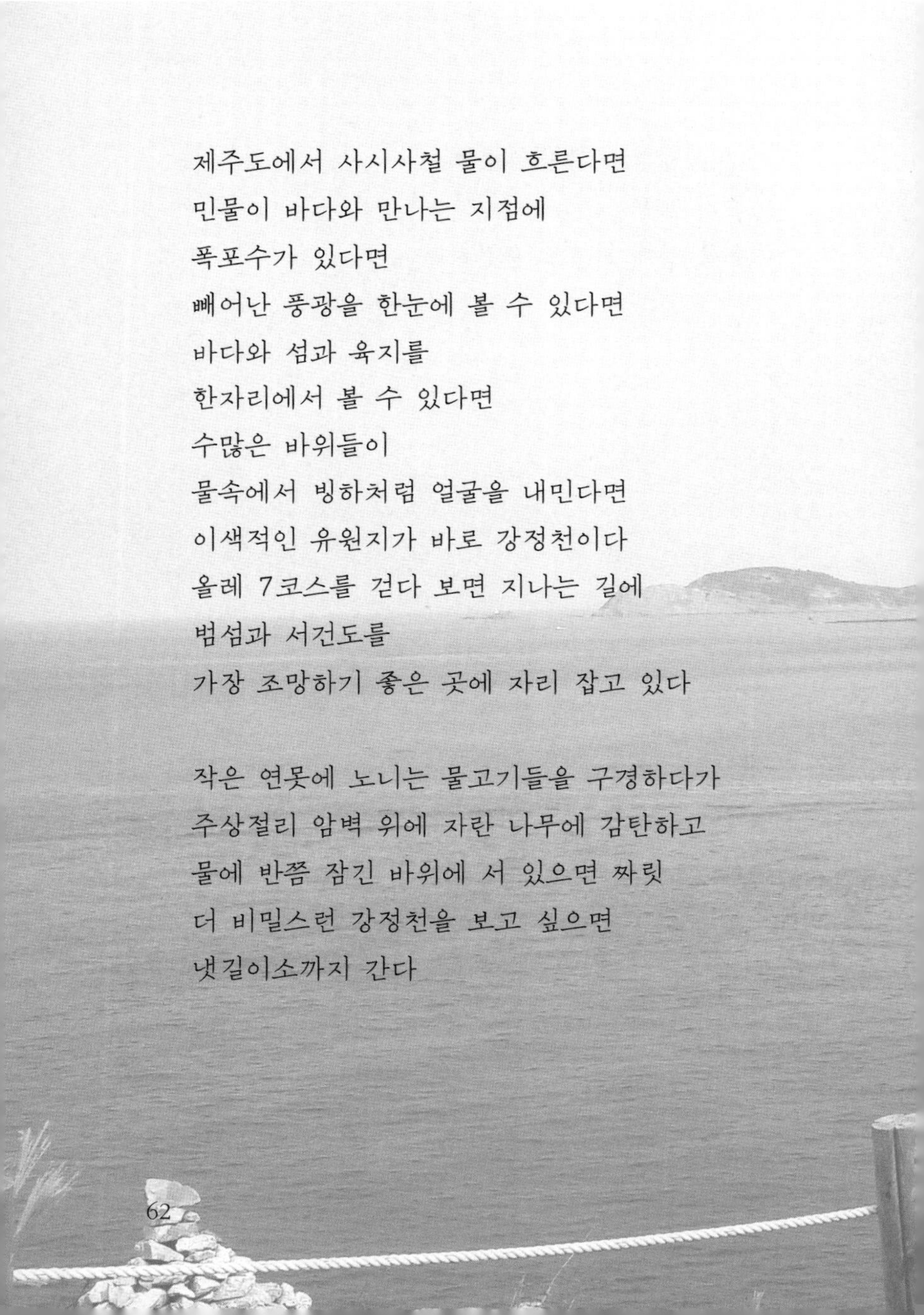

제주도에서 사시사철 물이 흐른다면
민물이 바다와 만나는 지점에
폭포수가 있다면
빼어난 풍광을 한눈에 볼 수 있다면
바다와 섬과 육지를
한자리에서 볼 수 있다면
수많은 바위들이
물속에서 빙하처럼 얼굴을 내민다면
이색적인 유원지가 바로 강정천이다
올레 7코스를 걷다 보면 지나는 길에
범섬과 서건도를
가장 조망하기 좋은 곳에 자리 잡고 있다

작은 연못에 노니는 물고기들을 구경하다가
주상절리 암벽 위에 자란 나무에 감탄하고
물에 반쯤 잠긴 바위에 서 있으면 짜릿
더 비밀스런 강정천을 보고 싶으면
냇길이소까지 간다

사람의 발길이 드물지만
험난한 만큼 보상받는 곳
청록의 물빛과
이색 폭포까지 덤으로 본다
강정천은
그래서 숨겨진 비경이다

김녕 성세기 해변

이국적인 에메랄드빛 바다가
아닌 곳을 찾기 힘든 곳
밀려온 하얀 조개껍데기로 만들어진
백사장은 고와도 너무 곱다
바람의 해변에 투명한 바다가 펼쳐져 있다
그림 같은 풍력발전기는
가슴속까지 시원하게 해주고
눈이 부신 해변에서 맨발로 걷다가
바위에 붙어 있는 보말도 잡아 본다

바다 돌고래를 보려면
요트투어하면 되고
물고기와 노닐고 싶으면
스노클링하면 된다
여유롭게 무엇이든
도전할 수 있는 특별한 곳
올레 20코스가 지나는
감칠맛 나는 김녕 해변
바다의 영혼이 느껴지는
마법 같은 곳
해변 숲속 나무 밑에

보금자리 만들어 놓고
요정처럼 잠들면
꿈속까지 파도가 밀려온다는
김녕 해변은
낭만에 빠져 죽어 보고 잡자 하는 곳

큰엉 해안 산책로

해안 산책로에 숲 터널이 신비하다
나뭇잎을 밟으며
상냥한 산책을 즐길 수 있는 곳
태양이 숨은 도로를 숲길처럼 걷는 길
명상하며 걷다 보면 반가운 얼굴들

걷다 보면 대한민국 지도를 통과하고
자연이 만들어 놓은 우리나라 지도에
열 번쯤 왔다 가는 곳
갯바위로 내려가면
바닷가 절벽에 구멍 뚫린 바위
이름하여 큰엉
추장바위 유두바위 가슴바위 등
아기자기한 천연조각을 보고
바다에 낚싯줄 들여놓고 잠든 사람들

정겨운 모습에 흐뭇한 걸음걸음
남원 큰엉 산책로는 끝까지 설렌다

중문 색달 해변

하얏트 호텔에서 출발하면 좋은 곳
어디서나 멋진 바다 풍경을 즐기며
감상할 수 있는 곳
산호들이 사는 바다와
고래가 사는 바다를 찍어 보는 곳
바다 풍광을 만지고 싶으면
해수욕장으로 들어서면 끝
같은 바다인데
보는 장소에 따라 색이 바뀌는 신비
이보다 더 드라마틱한 곳이 있으랴
누가 파란 물감을 바다에 잘못 흘렸을까
아름다운 물빛이 경이롭다
하얀 파도를 보면서 멍 때리다 보면
파란 빛의 상큼함을 맘껏 누릴 수 있다
해변에서의 시간은 특별하다
사랑에 빠질지도 모른다
낭만 바다 눈부신 해변
이곳은 꿈이 현실이 된다

천제연폭포

잘 다듬어 놓은 열대 우림 속을 거니는 느낌
폭포가 유명한지
난대림 숲이 유명한지 서로 자랑하는 곳
사시사철 맑은 연못은
깎아지른 주상절리와 호흡한다
폭포수로 인해 물보라가 꿈속 같다
거대한 선임교는 견우직녀 만나는 다리
수십 미터 아래로 흐르는 폭포수를 내려다보면
은하수에 떠 있는 기분
절벽 속에 숨어 있는 물 흐르는 동굴은 앙증맞고
수직으로 잘라낸 기암절벽은 기병대 같다
물줄기를 온전히 받아내는 바위는
하얀 포말에 숨었고
강 없는 제주도에 장관 이룬 흐름이 우렁차다
천제연 폭포는
볼수록 짜릿함이다

납읍 난대림

마을 사람들은
금산이라 부르고
육지 사람들은 납읍
난대림이라 한다
사계절 푸른 열대림이
위용을 자랑하는 곳
배움의 장소가 마을이라고 말하는지
납읍 초등학교 앞에 버티고 있다
밀림치고는 앙증맞은 곶자왈
천연림의 숲은
겨울에도 푸르고 따뜻하다
어디선가 들려오는 새소리
아이들 소리
옛날 옛적으로
타임머신 타고 온 듯하다
출입 통제의 금산인데 누구나 입산 가능
원시의 경관을 보여주기 위해 손짓하고
유혹당하고 나면 잘했다고
자신을 칭찬하는 곳

물영아리오름

무엇과 첫 교감을 나눌 것인가
설레지 않으면
다 버려야 함을 깨닫게 한다
900계단을 올라서면
대반전을 보는 듯
절벽 비탈에서 굴러떨어진
처녀의 슬픈 눈물이
아직도 흘러내려 고이는지
나무 숲길 따라
산 정상을 향했을 뿐이었는데
보이는 것은 산정호수

수령산이요, 람사르 습지다
아니다, 새들의 안식처다
산정 화구호에 연꽃이 피어 있다
마름꽃이 덮인 호수가 경이다
얼마나 시간이 멈추어야 이렇게 될까
낯선 매력 가득한 천혜의 보금자리
머물고 싶어 다시 돌아보는 천상의 호수

거대한 호수에 만발한 꽃들
누가 산 정상에
호수를 만들어 놓았을까
누가 산 위에
야생화 밭을 만들어 놓았을까
물영아리오름 정상에서
원시 그대로의 자연이 눈부시다

제주 곶자왈 도립공원

여긴 계절이 흐르지 않는다
언제 어느 때 계절이 바뀌는지도
알려주지 않는다
푸른 잎과 아열대 꽃들이
연중 만발할 뿐
시간이 잠기고
새들만이 잔치한다
마음은 두고
몸만 나와야만 하는 곳
걷다 보면 걸어온 인생을
되돌아보게 한다
살았던 풍경과 다른
눈부신 광경
푸근한 미소로 걷다 보면
영혼까지 맑아진다

제주의 지하수를 만드는
소리를 듣는다
생태계의 허파 속을 자세히 본다
자왈 밭 초지에서
한가로이 풀을 뜯는 소를 따르면

울창한 곶자왈에서
길을 잃을 염려는 없다

돌을 감싸는 나무와
이끼 보며 물소리 귀기울이고
긴 호흡으로 피톤치드 마시니
향기가 손까지 묻는다
사랑한다는 말 대신
고목이 의자를 내어 주면
서로의 언어로 이야기하다가
시간을 잊어버리는 곶자왈

내도 몽돌 해변

내도동 해안 몽돌 해변
아래에 위치한 자갈밭인 알작지에
제주의 기인한 돌들이 모두 모였다
동글동글한 몽돌들이
어디에서 굴러왔을까
바람이 그리워 온 사람들은
오묘한 돌의 조화에 침묵한다
바람에 구르는 작은 돌들이 속삭일 때
돌 구르는 소리에
자신의 가슴을 들여다보게 된다
몇 시간 머물러도 떠나기 싫은 해변
파도가 빚어내는
자갈 소리에 푹 빠지게 된다

자연 오케스트라 연주에 심취하고
자갈 사이로
바닷물이 빠지는 것을 넋 놓고 본다
해변 축대에 앉아서
몽돌의 음악 소리를 듣다 보면
더 이상 바랄 것이 없는 이상향이 되고
수십억 개의 작은 돌들은

서로 부딪치며 합창을 한다

동그란 자갈밭은
걷다 보면 예술 바위들
온갖 동물 모습을 흉내 내고 있는 바위
다도해처럼 섬을 흉내 내고 있는 바위
징검다리처럼 섶다리 흉내 내고 있는 바위
내도 몽돌 해변은
무명 예술가들의 전시장이다

한라산에 올라

한라산을 오른다
아니다 하늘을 오른다
오를수록 작아지는
자신의 존재를 느끼며
아무리 걸어도 한라산이고
벗어나려 발버둥해도 한라산
눈을 감아도
눈에 들어오는 산
제주도에서는
한라산을 벗어날 수 없다

사랑하는 사람의 품처럼
달콤한 산
포근히 감싸는 정을 느끼는
풍요의 산
산에는 수십 마리의 사슴들이
한라산의 주인 행세다
백록담에는
하얀 사슴들이 물 마시는 목가적 풍경

한라산은 길이 없어도
고민할 필요가 없다
어느 방향으로 가도 하늘 속이다

시오름 치유의 숲

여긴 빈 마음을 보는 곳
진정한 무소유가 무엇인지
빈 몸을 느끼는 곳
외롭고 쓸쓸해 보이는 곳인데
기쁨과 감사가 넘치는 곳
다시 살아야 함을 알게 하는 곳
사랑도
비웠을 때 찾아옴을 깨닫게 하는 곳
흔들리는 나무처럼
두둥실 떠가며 흐뭇해진다
치유의 숲에 놓인
편백나무 평상에 누워
맛있는 낮잠을 즐기듯
평안함을 누린다
여행이란 검은색을 걷어내고
꿈에 바짝 다가서는 것
여행이란
삶으로의 떠남이라는 것을
각인시키는 곳
세상을 떠나
편백나무 벤치에서 하늘을 본다

시오름 중턱에 마련된 치유의 숲
조금만 보여주는
하늘을 바라보며 통증이 가신다

제주 돌담

구멍 숭숭 뚫린 돌담
나도 살고 바람도 살고
싸우면 서로
손해라고 양보하는지
세찬 바람이 지나간다

돌에 갇힌 사람들이 얼굴을 내민다
돌이 많아서 바람이 많아서
산에도 들에도 경계선은 돌담이다

열린 듯 닫힌 듯 공간 건축의 백미
천년만년 견디며 서 있는 검은빛 돌들
이루지 못한 인간의 꿈의 빛깔이다

토끼섬

섬과 뭍이 완전 다르다고 말할 수 없는 곳
바다를 새처럼 깊숙이 가 볼 수 있는 특이한 섬
모세의 기적이 하루 두 번 일어나는 곳
물이 빠져 나가면
바다의 속살을 모두 볼 수 있는 곳
하도리에 있는 토끼섬은 기적의 산실이다
바다를 양쪽으로 갈라놓을 때는 기적을 체험하자
바다를 걷다 보면 흥분의 도가니
사뿐히 걸어 달라고 이끼 낀 돌들이 말하는 곳
여름철의 토끼섬은 온 천지가 하얀
문주란 꽃들이 지천에 피어 있다
백사장과 화산암이 어우러진 작은 섬
하얀 포말을 바라보면
세상 사는 일 잊어버리는 것은 좋지만
진짜 명상에 잠기다가
간조 시간 때문에 서둘러 나와서 뒤돌아보면
다시 들어가고 싶은 충동에 싸이는 섬

다랑쉬오름 月郎峯

오름은 어머니 가슴이다
누구도 파괴하거나 훼손할 수 없다
이곳처럼
곡선미가 넘치는 오름은 더욱 그렇다
자신을 낮춘 사람에게는
야생화들이 자신을 보여준다
파도치는 능선의 흐름에도
상큼함이 흐른다

심장이 뛰는 방향으로 걷다 보면
한라산 정상과
남쪽 먼 바다가 눈에 들어온다
근심 걱정이 바람에
저절로 날려가는 것을 느끼며
사랑이라는 단어를 모르는 사람도
정상에 서면 그리움을 안다
희망을 내려다보게 하는 곳
미래를 예감하게 하는 곳
시원한 바람이 폐부로 스며든다
어찌하든 삶이 오고 가는 것처럼

오름의 여왕
다랑쉬오름월랑봉에 올라
제주 창조의 여신이 치마로 흙을 날라 만든 산임을 느끼며
달 모양 분화구를 보고
내친김에 보름달까지 보면 최고
아하! 제주 보름달은
이곳에서 솟는구나 깨닫고
색다른 오름의 경험에
신기함 묻혀 오면 행복 끝

법환 포구

파도 소리보다
사람 소리가 더 시끄럽다
바다는 울고 파도도 서글퍼한다
육지로 소풍 왔던 파도는
맴돌다 힘없이 돌아서고
바다를 메우는 소리와 개발 바람만 분다
매립으로 개발로 바다를 밀어낼 때
바다는 추방당하지 않으려고
발버둥이다
바다가 떠난 자리에
카페와 펜션이 대신하고
아름다운 범섬은
할 말을 잊고 고개 숙였다
지친 바다는
자기 몸을 때리며 슬피 운다
해안 시멘트 길로
매연 자동차들이 바다 향기를 먹는다
방파제가 생명선을 어지럽힌다
푸른 바다가 검은 얼굴로 숨막혀한다
멋있다고 사람들이 환호할 때마다
바다는 더 운다

용머리 해안

화산이 최고의 예술가인가
놀라운 돌 조각품은
로댕도 못 만들었을 터
바닷가 절벽에 누가 전시회를
열었을까
시멘트 모조품이 아니다
나무 기둥도 아니다
용암이 바다에서 숨 쉬는 것 멈추기 전
기억해 달라고 급하게 만들었을까
무엇인가에 의해
인위적으로 만든 거대한 설치작품
책을 쌓아 놓고 바다를 지휘한다
관객처럼 푸른 파도가
감상하고 돌아가는데
사랑이 그리운지
지층으로 환원된 형상을
비비고 있다
끝없는 망망대해
시작점의 용머리 해안은
신의 작품일 것

곽지 한담 해안 산책로

뻥 뚫린 바다를 품고 산책할 수 있는 곳
제주 바다와 가장 가까이 대면할 수 있는 곳
파도 소리는 음악이요 바다는 그림이다
구름에 떠가듯 걷다가 옥빛에 손맛 느끼고
푸른 바다의 이야기를 듣는다
바다에 몸을 던지면 되돌려 준다는 곳
파도가 뚫어놓은 현무암 조각들이 이채롭다
누구든 걷다가 되돌아 걷기를 반복해야 하는
마법의 산책로는 아름다워서 꿈이다

우도

우도를 가면
우도를 가는 이유를 안다
제주도를 보려면
우도에서 보아야 제맛이다
매력의 끝이 어딘지 알 수 없지만
섬 속의 섬이다
한라산 풍경과 일출봉 풍경이
가장 아름답게 보이는 곳
에메랄드 바닷물은 기본
등대공원에 오르면
세상은 모두 발아래
느리게 걸어야 더 맛있는 섬
최고의 절경은 없어도
최고의 매력덩어리 섬
우도는 갈수록 빠져드는
마법의 섬이다

성산 일출봉

누가 산 위에
원형 경기장을 만들었을까
말들이 트랙을 달리는 모습이 착시인가
몇천 년 전
콜로세움의 외침이 아래서 들린다
정상의 분화구안에
거대한 잔디밭이 경기장이라면
분화구 둘레의 봉우리는
보안요원들인가

멀리서 보면 성 같고
가까이 보면 월드컵 경기장
마음이 흘러가는 곳으로 바라보면
어느새 새가 되어 함께 난다
사랑은 마음이 이끄는 대로
참지 말고 사랑하라고
절벽의 새들이 짝짓기하며 놀린다
소망하는 법도 잊고 살았음을
어떻게 알았을까

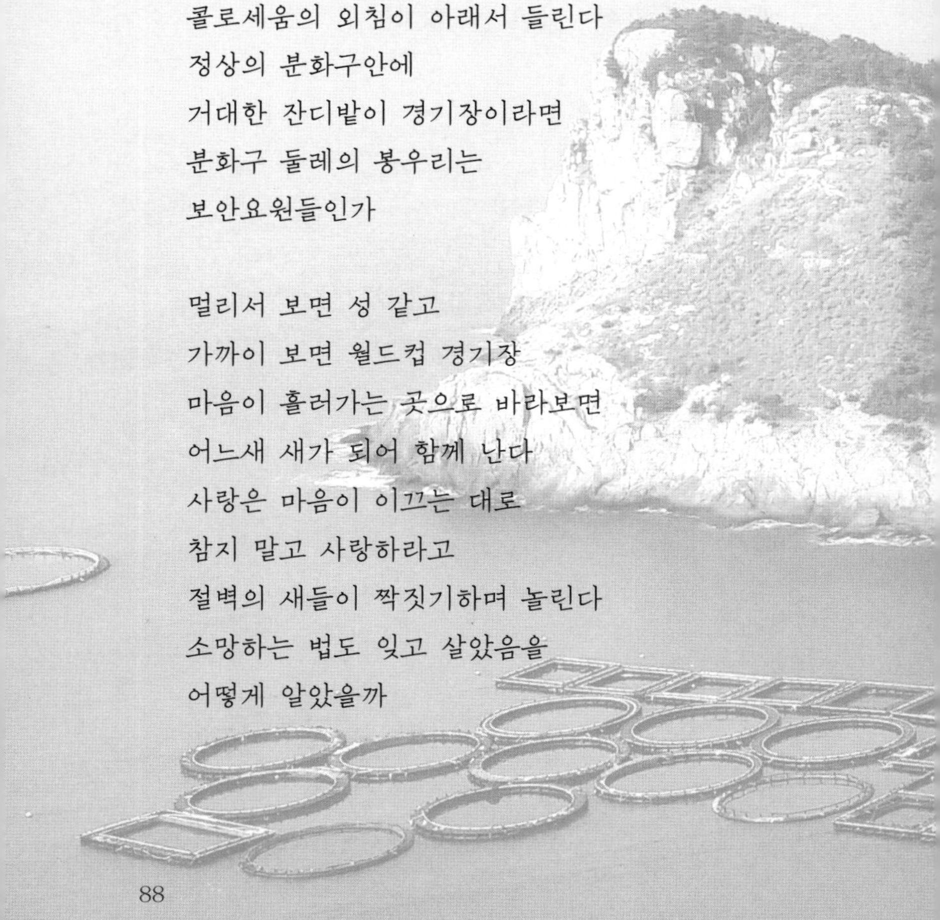

새 출발 새 역사를 만들겠다며
다짐하고 하산하는 곳
가장 아름다운 곳에서
가장 행복한 희망을 쏜다

섭지코지

좁은 땅이 바다로 튀어나왔다
이름하여 섭지코지
바다로 길고 가늘게 돌출한 땅
아름다운 풍경이 다 모였다
말들이 초원에서 풀을 뜯고
어느 곳도 평화롭지 않은 곳이 없다
넘실대는 바다를 보랴
먼발치의 오름을 보랴
바다 건너 섬까지 눈이 바쁘다
야생화 초원을 걷다 보면
등대가 앞을 막고
언덕에 올라 세상을 품는다고
소리쳐 본다
3면이 바다인 테라스에 앉아
달 표면 같은 땅을 내려다보며
차 한 잔에 세상을 잊고
잊을 수 없는 매력에 온몸이 풍덩
빠진다

제주 바닷가

제주 바닷가는
포기할 수 없는 기다림의 흔적이다
바닷가 소나무들은
온몸을 할퀴고 지나가는 바람의 역사다
바닷가 몽돌은
제 얼굴이 어떻게 깎이는지 몰랐다는 확인이다
바닷가 검은 모래는
기다리다 지쳐 가슴이 까매진 증거다
바닷가 기암괴석은
파도가 오랜 세월
격하게 때려주어서 생겼다
바닷가 절벽에 뚫린 바위는
파도가 바위 타고 넘나들어서 생겼다
바닷가 식물은 세찬 바람의 희롱에도
꿈을 안고 기다리는 생명들이다
바닷가 섬들은 기다림에 지쳐
고독이라는 병을 얻은 존재다
제주도 바닷가는 기다림을
영원한 현재진행형으로 견딘다

교래리 곶자왈

태고의 신비가 여기에 있다
에덴동산이 이런 것일까
수천 년 숨어 있던 원시림을 본다
희귀한 새들이 난다
새들의 소리가 유별나다
마음에 풍경 하나 품고 싶다
천년을 지켜온 고목들이 잠들어 있다
아무 생각 없게 만드는 무아지경인 곳
나무뿌리들이
서로 사랑놀이에 열중이다
안고 입맞추고
사랑뿐이라고 보여준다
나는 사랑 위에
다른 것을 두고 살았구나
하지 않아도 될 일에
오래 마음을 두었구나
한 몸으로 엉켜서
사랑하고 있는 나무들을 보면서

영원히 사라지지 않을 꿈은
사랑임을 본다
삶의 중심을 관통하는
울컥함을 느낀다

하도리

아침은 하늘로부터 온다 하여
동쪽으로 달렸다
바다 앞에서 길이 끊겼다
나만 바다 앞에서
서성이는 것은 아니었다
하도리 철새 도래지에 새들도
셀 수 없을 만큼 웅성거리고 있었다
태평양을 건너기에는 새들도
나처럼 겁을 내고 있는 모양이다
시원한 해풍이 모여 있는
모두를 어루만진다
방황하는 것이 옮겨왔다고
슬픈 것만은 아니다
해변의 백사장에서도
세상은 아름답게 볼 수 있는 것
지나가는 바람에도
우주의 숨결을 느낄 수 있는 것
지천으로 뿌려져 있는
구멍 뚫린 돌길을 걷는다
물은 끊임없이 움직여야 물이라고
바닷물이 출렁인다

갯바위만 제 몸이 가루가 될 때까지
그 자리에 있다
파도는 밤낮없이
바위들을 더듬고 유혹하고
긴 구애의 시간 속에
갯바위들이 맨살을 내주고 있다
바위 웅덩이에
작은 바다는 바위에 안겨 있고
게 몇 마리가
슬쩍 촉수를 내밀고 있다
제주도 동쪽으로 아침을 보러 왔다가
하늘과 바다를 적시고 간다

올레 1-1 우도 코스

이 길은 가슴으로 파고드는
풍경에 취해서 가야 한다
돌담길 따라 구불구불 이어지는 길
태곳적 자연의 신비를 간직한 길
두 발로 걸으며
맨얼굴의 제주를 보다가
청정 제주의 속살로
명상과 휴식을 얻는다
산호 해변 옥빛 물결을
눈 아프게 보며
제주도에서 가장 큰
섬길을 소풍가듯
어린 시절처럼
느리게 사뿐하게 걷는다
지천으로 피어 있는
야생화 밟지 않으려 애쓰며
하트 모양의 전망대 탑에서
사랑을 쌓고 싶으면 돌 하나 얹고

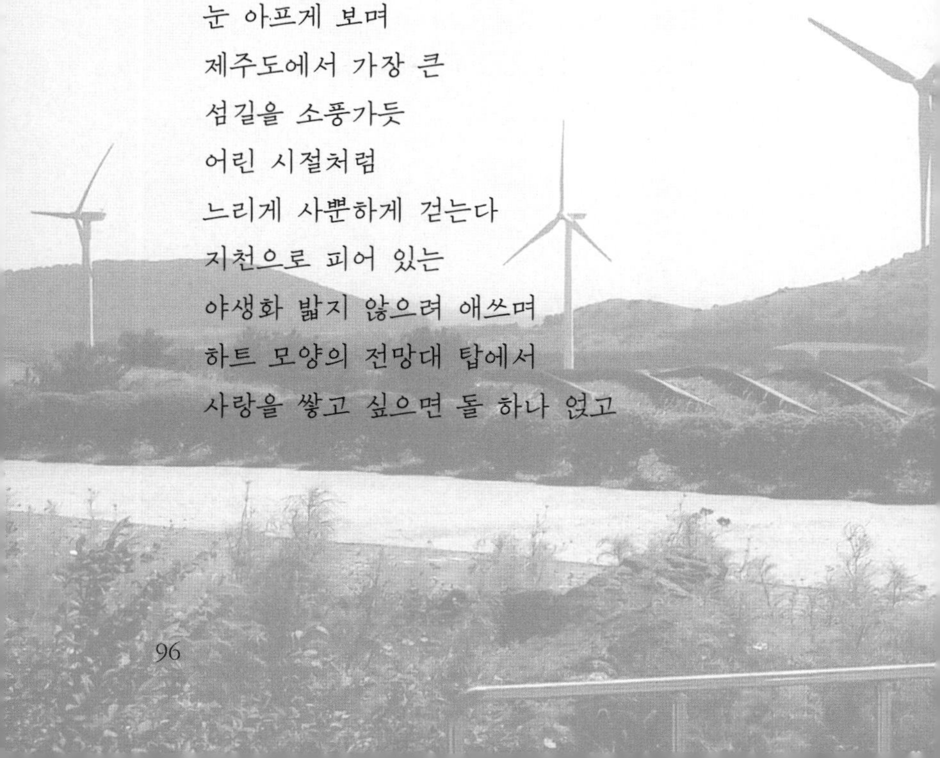

답다니 탑에서 가장 고운
일출과 일몰을 마주하면 더 좋다
우도봉에서 한라산과 성산일출봉을 보면
눈을 의심하게 되고
섬 속의 섬 우도 한 바퀴 도는 올레 코스는
그래서 일번지다

올레 2코스

언제 이렇게 한가로이 걸어 보았던가
발길 닿는 대로 풍경이 이끄는 대로
여유를 갖고 걷는다
마음의 문을 열고 귀를 기울이며
시간의 흐름에 순응하며 느긋하게 걷는다
행인들의 얼굴은 관찰하지 않고
나에게 허락된 시간을 오롯이 즐기며 걷는다
올레 2코스는 이렇게 걸을 수밖에 없는 길

광치기 해변에서 시작하는 올레 2코스
일출봉이 바라보이는 해변의 물빛은
항상 말쑥한 얼굴이다
식산봉에 올라 노적봉의 유래를 음미해 보고
호수처럼 잔잔한 일출봉 내해를 걷는다
나무들이
바다를 가리지 않으려고 작게 돋아 있고
서로 희생하겠다고 억새마저 낮게 누워 있다
물질보다 사랑이 먼저라는
이타심을 배운다
바닷가에서 게들이 살고 있는 모습에
몰입해 본다

삶의 다양성을 인정하는지 나는 옳고
너는 틀렸다고 하지 않는 모양이다
서로 인정하는지 격하게 싸우지
않고 한곳에서 산다

하늘의 구름이
손짓하는 대로 따라 걷다 보면
울창한 숲 터널 지나서 온평 포구
환해장성 돌담길 따라 이어지는
신화의 길이 끝난다

올레 4코스

조개껍데기가 모래로 변한
표선 해수욕장 백사장을 뒤로하고
남원 포구까지
해안과 오름 위에 펼쳐지는
대자연의 숨결을
느낄 수 있는 곳
해안 따라 걷다가
바다 풍경에 반해 멈추는 것은 에티켓
바닷바람 속에 꽃을 피우는 야생화
해안을 빙 둘러싸며 쌓았던
돌 성곽을 보며
역사의 현장을 따라 걷는다
아름다움의 유혹에 빠진 내 모습을
그대로 조각하여 보존하고 싶은
올레길
나침반이나 가이드는 필요 없다
화살표와 리본만 따라가면 끝
인생이 모두 길을 찾는 일이듯
여기서는
길을 잃어도 문제가 없다
고흐의 삶보다

더 힘든 일은 없을 테니까
죽순처럼 솟은 바윗길은
얼마나 많은 사람들이 걸었는지
아름다운 올레 코스가 죄라면 죄
다른 세상 다른 질서가
선물하는 것
돌 의자에 앉아 있자니
온몸을 비비며 사랑밖에는 몰라 하는 새들이
갑자기 나타난 나를 보고 있다
낯선 풍경이어서일까
나 말고는 바쁜 사람이 없이 살았나 보다
시퍼런 멍울을 만들며
세월을 삼키는 파도가 일렁인다
지루한 일상에서 새로운 변화를 만드는
올레길 결코 꿈이 아니다

올레 5코스

행복하자고 싸우다가
상처 입은 영혼을 달래는 길
시간의 감촉을 느끼며
걷는 길
출발부터 용궁길 속 도로가 어떤지
연상하게 하는 길
기대를 하고 걸어도
사기당하지 않는 길
올레길의 마력을
괜히 의심했다고 말하는 길
남원 포구에서 쇠소깍 사이
해안 절벽 따라 빚어놓은 산책길
큰엉 경승지에서 서귀포 해안의
고즈넉한 속살을 모두 만난다
쪽빛으로 출렁이는 바다의 물살은
시리도록 볼 수 있는 해안길
하늘과 맞닿은 수평선이
눈에 걸리는 길
바람으로 몸을 말린
해변을 걷는다
수직 바위들이 잔디로 뒤덮여

초원인가 착각하고
우거진 수림에 진입하면
소풍 가는 느낌
여행의 예술에 빠진다
길이 길 뒤에 숨어도 길 따라 가면
보이지 않는 길에
아름다움을 누린다
제주 고기잡이
전통목선 테우가 모여 있는 곳이 종착점
바닷가로 이어지는 바닷길
어느 시골 해변 숲길 같은
아늑한 올레 5코스

올레 6코스

쇠소깍에서 외돌개까지 해안 코스
쇠소깍의
짙은 녹색 물빛은 몽연하게 하고
무한의 상상력에 몸과 마음이 뜬다
이 길을 갈 때마다
특징적인 것이 있다
설레지 않으면
아무것도 아니라는 것
설레지 않으면
의미 없는 시간이라는 것이다
올레길을 걷는다
마주하지 못한 길들이
설렘으로 다가온다
첫사랑의 연인을 만나듯 걷는다
이루어지지 않을 첫사랑이라지만
결코 영원히
내려놓지 못하는 것처럼
설렘을 갖고 걷는다
설렘이 없다면 걷기나 할까
제주도의 올레길은
처음부터 끝까지 두근거린다

파도가 친다
솔바람이 분다
어디선가 북소리가 들린다
설렘의 가슴에서
방망이질이 가시지 않는다
스쳐가는 인연들을
모두 보지는 않지만
보지 않아도
믿을 수 있고 그릴 수 있다
아름다운 풍경이
내 넋을 빼앗아 갈지도 모르지만
보지 않은 상상으로도
더 행복할 수 있다
보지 못했어도
생각하는 만큼 아름다우리라
나는 걷는다
진정한 행복을 누리며 걷는다

서귀포 70리 바다의
진면목을 걷는 길
이중섭 거리에 들러

그의 발자취를 더듬다가
새연교 건너
새섬을 둘러본다
파도 소리를 귓전에 담고
섶섬이 눈앞에 두둥실 떠오르면
가슴 환해지는 행복을 느낀다
문섬은 가깝게 보아도 만족
미끈하게 빠진 몸매의
범거숭이 기암에서 호흡을 멈추고
무심하게 걷다 보면
돌하르방이 반긴다
완만한 해안의
곡선 따라 걷다 보면 또 만족
올레길이 없었을 때도
유명세를 떨쳤던 이유를 알겠다

올레 7코스

외돌개에서 월평까지 환상의 올레길
올레길 최고의 비경을 따라 걷는 산책길
해송 우거진 외돌개를 출발하여
신들의 정원을 걷는다
가는 곳마다 푸른 물결 넘실대는 바다가 압권
걸으면서 칭송이 자자할 수밖에 없는 해안길
평탄한 초원길을 거드름 피우며 걷다가
어쩌다 벼랑을 만나면 삶의 끝 같아 화들짝

단 한 번의 인생도 언젠가 낙엽처럼 떨어지는데
사랑하다가 죽어야지 새로운 사랑을 만들거나
묵은 사랑을 새롭게 가꾸어야지
나의 주인은 남이 아닌 내가 되어야지
길이 끊기고 바다가 막고 서 있는 곳에서 인생을 배운다

걷다가 힘들면 바다가 가장 가까운 바위에 앉아
파도가 물결치며 셀 수 없는 나이테를 만들 때
바다의 나이는 몇 살인지 물어도 좋다
바다의 나이는 바다 자신도 모른다는 것을 알고 있지만

올레 7코스 바다는 온갖 상상이 허용되는 곳

해변에 돌 공원을 누가 옮겨 놓았을까
최고의 휴식처요 산책로라고 말하는 이유를 아는
해안 절경에 찬사를 보내며 걷다 보면 4시간이 금방
명물이 다 모여 있는 멋진 길
두둥실 떠 있는 범섬을 바라보며 강정천 지나 이어지는
기막히게 예쁘다고 누구나 말하는 올레 7코스

올레 8코스

걸을 때마다 진화하는 길
행복이라는 것을 경험할 수 있는 길
불행에 대한 환상은
조금도 생각나지 않는 길
대자연과 잇는 끈을 놓지 않아야 함을
생각하게 하는 길
천국에서 가장 가까운 길
새 파도 바람까지
올레길에 대하여 토론하는 길
아름답다고 말하는 것을
들을 수 없는 안타까운 길
월평에서 대평 포구까지 15킬로미터
제주의 보석 같은 해안을 만나는 길
살아 있는 주상절리를 만나고
은빛 백사장 색달 해변을 만난다
민낯의 파도를 보다가
화장을 지워 버린 모래길
유명 호텔 앞마당을 내 집처럼 지나면서
연극의 주인공이 되어 보기도 하고
한눈에 내려다보이는 언덕길을 걷게 된다
바닷가에서 비경을 올려 보다가

베릿내오름에서는 절경을 내려 본다
제주 절경인지 세계 절경인지 감탄하는 길
환상적인 벼랑의 정취에 휘청
느리게 걸을수록 더 멋진 코스
신이 빚어놓은 조각을 보며 걷는 느낌
뛰어난 석공도 다듬어 놓지 못했을 바위기둥들
병풍처럼 둘러선 현무암을 보며
4시간이 짧게 느껴지는 올레 8코스

올레 10코스

물이 솟아나게 할
모세의 지팡이가 없는 것이 아쉬운 시작점
화순 금모래 해변 보드란 모래에서
맨발로 시작한다
발바닥 간지러움을 참지 못하면 그때부터 산행
스트레스를 분해하는 바람을 지나고
두 개의 산도 아닌 산을 지나면 용머리 해안
심심하면 바다에 노니는 형제섬으로 달래고
엄마섬의 자애로움에 부러워해도 좋다
제주 올레의 황금 코스라 해도 부족하지 않는 길

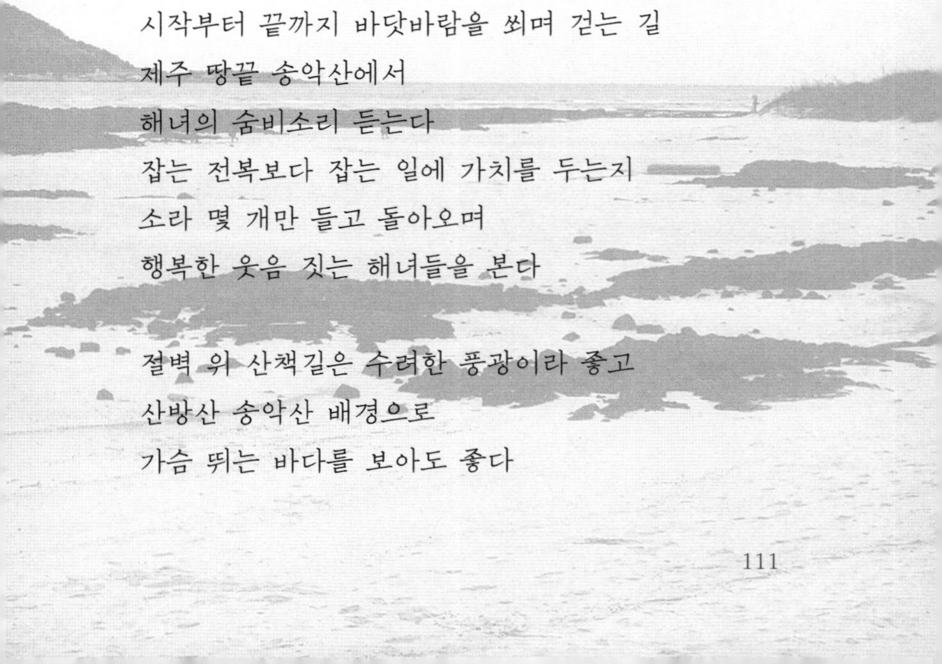

시작부터 끝까지 바닷바람을 쐬며 걷는 길
제주 땅끝 송악산에서
해녀의 숨비소리 듣는다
잡는 전복보다 잡는 일에 가치를 두는지
소라 몇 개만 들고 돌아오며
행복한 웃음 짓는 해녀들을 본다

절벽 위 산책길은 수려한 풍광이라 좋고
산방산 송악산 배경으로
가슴 뛰는 바다를 보아도 좋다

해풍이 송림의 풋풋한 향기를 마시게 하는 곳
파란 물빛 보며 걷다 보면 세파의 근심은 아듀
솔잎 사이로 훤히 보이는 바다의 비경을 보다가
돌 틈 사이로 바람이 지나가는 소리를 듣는다
어허 어허 하다 보면
모슬포항까지 올레 10코스 끝

올레 14코스

여유를 억지로라도 만들 때 행복을 느끼는지
시험하는 길
참 희귀한 산책자라고 듣기 원하는 길
근심 걱정은 석기시대에도 흔했던 것인지
확인하는 길
수천 년 옛길을 간다
건강하지 않으면 자유는 수갑이지만
잡념에 시달려도
여기서 걷기만 하면 맑아지는 길
나무들이 시름없이
맑은 미소만 머금기 때문일 것이다
중산간 마을 저지마을에서 한림항까지
돌담길과 숲길이 이어지다다 맞이하는 해변
제주 최고의
물빛을 자랑하는 풍경을 만난다
비양도 앞바다인
협재 해수욕장은 파란 물감이
어디선가 끊임없이
흘러 들어오는 느낌
물감을 뿌려놓지 않았다면
그림 같은 수채화가 아닐까

중산간 들녘을
한 시간 걷다가 만나서 그럴까
금능과 협재 해변은 빛깔의 향연
파도는
유혹당하기 위해 넘실대는 듯
해변의 모래톱을 사뿐히 밟고
가다 보면 한림항
저지 곶자왈의 산새 소리 정겹게 듣다가
비양도로 출항하는
뱃고동 소리에 정신이 든다
열정의 목표가 여유이기를 바라고
욕망이 지치기를 바라면서 걷는다
밭길에서 귤나무와 들풀을 보다가
해변에서 깔려 있는
선인장에 이국 정취 맛보고
20킬로미터의 긴 거리를
언제 걸었는지 의심하게 되는 길

올레 18코스

산지천 도심에서 조천 만세동산까지
도시를 떠나기 위해 도시에서 시작하는
도시와 숲과 바다가 함께하는 코스
동문 로터리 벗어나서
사라봉에 올라 산지 등대를 만난다
솔향기 가득한 곳에서
바다를 보는 맛은 탄성 그 자체
시민들의 다양한 표정을
볼 수 있는 사라봉 체육공원
동쪽으로 솟아 있는
또 다른 휴식처 별도봉
빈 의자에 앉아 내 영혼을 승격시키는
지휘자 모습을 보는 듯하다
가는 길에
에메랄드빛 바다와 파도는 덤
돌담길 따라
제주도민 삶의 흔적을 담고
드넓고 깨끗한 모래 해변을 걷다 보면
오솔길을 만난다
북쪽의 임금님에 대한
사모의 충정이 담겨 있는 연북정에 올라

사랑했던 사람을 기억하며
사랑을 더듬어도 좋다
사랑이 식으면 꽃도 쓰레기가 되는 법
사랑한다면 버려진 꽃을 다시
사랑이라는 꽃으로 바꾸어야 하는 법
연북정의 심오한 의미를 새기며
나는 언제나
가면을 벗을까도 생각해 보고
내 연기가 끝나는 날에는
더 이상 비밀을 만들 필요가 없으련만
명상하며 시간을 배회하는 것이
맛있는 길
파도의 히스테리인지
파이프 오르간 소리
이성을 잃고 싶으며
아무 생각 없이 걷고 싶은 길
신발 벗고 바다를 적시다가
닭머르에 앉아 땀을 식힌다
신촌 가는 옛길은 한 폭의 수채화
자연의 그림 속에 나를 넣는다
풍광 속에 나를 놓는다

열 개의 얼굴을 가진 올레길인 줄 알았더니
백 개도 넘는 얼굴을 가졌다
푸른 파도가 일렁인다
오름의 향기가 어디선가 뿜어온다
온통 푸른가 하더니
한라산이 나타난다
역사의 숨결과
자연 풍광을 감상하며 걷는 18코스

표선 해수욕장

아름다운 여인의 손길이듯
보드라운 아기의 살결이듯
속살을 드러내고
육감적으로 달려들듯
하얀 백사장이 유혹하는
표선 해변
아직 모래의 모습이 되지 못한
동그란 조약돌이 구르고
멀리서 솔잎 향기가
얼굴을 간지럽힌다
어디에서 시작하여
그리운 백사장을 만들었을까
기쁨과 슬픔이
생각하는 대로 존재한다
맨발로 맨살을 느끼며
사뿐하게 파도에 빠진다
흐를 눈물이 있다면
깨끗이 잊게 해줄 포근한 해변
해변은 남을 씻어주는 한
외롭지 않다고 말한다
행복의 크기는

생각하기 나름임을 생각하며
행불행의 원인은
자신에게 있음을 되새기며
얼마만큼 품고 사는지 크기를 재 보려고
해변에 몸을 적신다

서건도 가는 날

바다 너머
숲이 있다고 믿었네
솔향기 따라
앞만 보고 걸었네
바다 건너
거대한 소나무 밭에 가면
솔향기 가득 묻힐 줄 알았네
세상 근심도
끝나리라 믿었네
바다가 갈라진 것은
나를 위해 만든 길인 줄 알았네
평생에 단 한 번의 기적을
선물 받은 줄 알았네
어쩌다 뒤돌아보았지만
후회하지 않았네

서건도라는 표지를 보고
섬인가 그려 봤네
솔향기 그윽했지만
또 다른 바다가 가로막았네
멈춰 서서

정지된 존재를 느꼈네
바다 너머 숲은 없었고
셀 수 있는 나무만 있었네
눈을 감고 바다를 바라보자
숲속에 내가 있었네
더 살아야 할
이유가 있음을 알고 말았네

청수리 반딧불이

반딧불이 축제 때는
어두워야 제격이다
어떤 불빛도 입장을 불허한다
어둠 속에서 길을 찾아가지만
잃기 위해 존재하는 길도
길임을 알게 된다
어딘가로 찾아가는 것이 아니라
찾아오기 바라는 반딧불이 축제
자신보다 더 밝지만 않다면
자신보다 더 시끄럽지 않다면
반딧불이는
축제를 펼친다

하늘의 별만큼이나 많은
반딧불이가 유성처럼 흐른다
목표 없는 길에서
스스로 길을 만들어 춤을 추며 이동한다
여행이 자유가 아니라면 여행이 아니듯
마음 가는 대로 몸이 가지 않으면
반딧불이는 멈춘다

어두울수록
어둠속에서 나타나는 반딧불이
그들의 행복한 유영을
방해할 자격은 사람들에게는 없다
사람들이 사랑해 주는 한
그들의 축제는 항상 환영받는다
6월 청수리
반딧불이 축제는 버킷리스트

화순 금모래 해변

어린아이들이
금모래 해변을 조각한다
백사장이
아이들 손길 따라 변한다
무슨 가치가 있는지
연신 하하 호호
행복은 원하는 것을
줄이는 것이라는 것을 말하듯
아무런 길도 없는 해변을
걸어갔다 되돌아오며
아이들은 오직
현재에 매달린다
바다는 아랑곳없다
아이들의 흔적을 지우고
새롭게 깨어나기 바쁘다
해변은 누구의 발자취도
허용하지 않는다
파도가 바람에 의해 사라지고
발자국도 쓸려 사라진다

철없는 아이들은 흔적을 남기려 하지만
해변은 비우기에 여념이 없다
과거의 시간을 지우고 금모래 해변은
새로운 지형을 보인다

이승악오름

나는 오름을 넘어가는
바람이다
내려올 때는
몸의 힘을 빼고 흐르듯 내려온다
이승악오름은 지혜를 연습시킨다
고난을 견디는 삶처럼

나는 오름을 즐기는 이방인이다
간절함을 통해
기적을 여는 새들을 방해하지 않는다
행복 위한 시간을 누리는 것을
부러워해야 한다
삶이 질주가 아닌 것처럼

나는 오름을 사색하는 여행자다
한때 녹음의 젖줄이었던 계곡이
메마르게 누워 있다
빗물이 흐르면
하천이라고 할 것이지만 추억해야 한다
삶이 청춘을 거친 것처럼

한라산 둘레길에서

그대 어디를 그렇게 바삐 가는가
아직도 가야 할 길이 많이 남았는가
여기서 잠시 쉬어 감이 어떠한가
건강을 잃으면 모두 잃는 것
피톤치드를 경험하며 시간을 보내는 것은 삶을 늘리는 것
그렇게 혹사시킨 몸에 휴식을 선사해 보게
이제는 소홀히 한 신체에게 힐링을 주는 시간
영혼까지 건강해지는 것을 느껴본들 어떠한가
샘물 한 잔으로 속까지 달래면 더욱 좋겠지
목가적인 풍경과 울창한 산림에서 머물러 보게
힘찬 에너지를 담아 옮겨 가게나
숨은 보석 한라산 둘레길을 은밀하게 황홀하게 걸어 보게
일상을 잊고 산소를 씹으며 산책해 보게
삶의 근원이요 원동력은 숲이라
자연의 생동감이 살아 숨 쉬듯 그렇게 살아 보게

안덕 계곡

엄청난 물이 구멍 숭숭 뚫린
돌들을 끌어안고 흐른다
사랑하지 않으면
바윗돌은 물마저 접근 금지 했을 터
한라산에서부터 바다로 가기 전에
물이 고개 내민 곳
살진 여인의 가슴 같은
바위가 포근히 감싼다
물이 가끔은 잠시 멈추어서
폭포를 만들고 호수를 만들었다
울창한 숲속 햇빛 가린 계곡에
신세계가 있을 줄이야
계곡 정령의 유혹에
자신을 맡기고 싶은 곳
물이 맴돌다 흐르는 이유는
미련 때문이리라
비경에 흥분하지만
사랑처럼 허탈감이 오지 않는 곳
작지만 푸름을
모두 가진 연못은
누구도 부러워하지 않고

버티고 있다
물이 없을 것 같은 계곡에
가장 물이 많은 안덕 계곡

산방산

나무가 바위를 감싸고
자란 산
누가 山을 퍼서
여기에 옮겨 놓았을까
오를수록 신비한
산에 오르니
파도가 따라 오르려 한다
기가 막힌 풍경에
감탄사 절로 나고
언어 대신 함박 웃으며
세상을 내려 본다
까짓것 세상
아무것도 아닌 개미 장난인데
친구들 하나둘 사라지고
나 홀로 걷는다
내가 얼마나 훌륭하게
고독을 견디어낸 사람인지
허리 굽히며 행복 연습하듯
혼자 오르는 산방산은
외로운데 아름답다

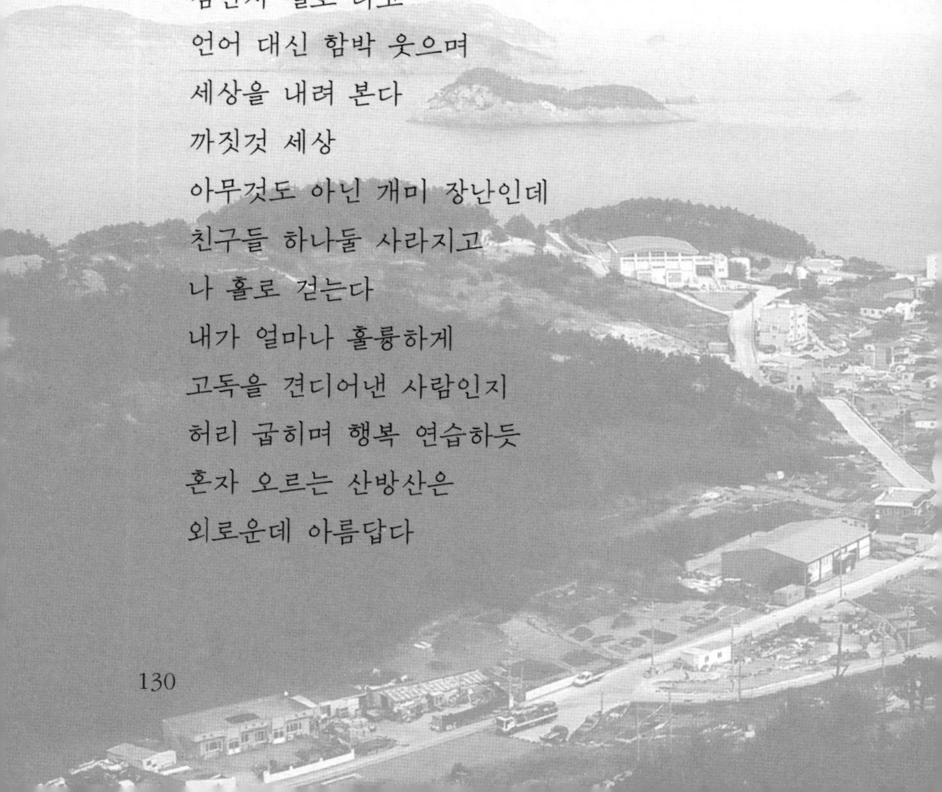

하산하여
물 한 모금에 땀방울 식히는데
육지보다 사람들이 많다
육지보다 더 좋기 때문이라고
해답을 알면서
푸른 바다 바라보며
행복의 하모니 듣는다
내면의 고향은 여기였는지
산행이 맛있고
행복하고 즐겁다
내일도 다시 찾아
즐거움만 만들고 싶은 산

머체왓 숲길

머체왓 숲길은 환상의 숲길이요 꿈의 동산이다
머체왓 숲길에서는 발이 구름 위에 있는 기분이다
신선이 거닐었던 길 따라 녹음을 즐긴다
돌로 이루어진 밭에서 마음이 머물다 간다
자연이 살아 숨 쉬는 미지의 숲 머체왓 숲길
한라산 너머 남촌 건강 보따리 숲 머체왓 숲길
봄이면 감귤꽃 자연향이 탐스럽고
여름이면 피톤치드에 온몸이 시원스러운 곳
가을이면 단풍으로 하양 옷이 빨강으로 채색되고
겨울이면 눈꽃송이로 신천지가 되는 곳
숲 터널 지나면 야생화 꽃길
편백나무 숲길 지나면 동백나무 숲
다양한 테마가 어우러진 자연이 선사한 에너지 숲
미지의 숲에서 치유의 숲으로 살아 숨 쉬는 곳
걷는 걸음마다 삶의 에너지와 풍요로움을 선물해 주는 곳
머체왓 소롱콧 길은 이름처럼 아름답고
전망대에 오르면 산과 바다 속에 내가 있는 듯하고
편백낭 쉼터에서 잠시 쉬다가 서중천 기암과 용암 바위 보다가

용수와 용암제방 따라 물소리 들으며 내려오면
오리튼 물에서 물오리들의 유희를 감상하게 된다
원앙새 한 쌍이 노니는 것을 본다면 행운은 당신의 것
머체왓 숲길은 그래서 멋지다

마라도

우리나라 최남단의 한반도 마침표
해풍을 막으며 기암절벽으로 둘러싸인 초원의 작은 섬
사색의 벤치에 앉아 사색을 하지 않아도 좋다
바다를 바라보며 아무 생각하지 않아도 그만
보이는 것은 푸른 바다 푸른 초원
마음의 안식처가 따로 없다
마라도는 어느 곳에 있어도 가슴이 뛴다
어느 곳을 바라보아도 뻥 뚫린 시야
모든 근심 걱정은 매달아 둘 수 없다
마라도에서만 자라는 신기한 식물과 이야기하다가
호젓한 분위기에 또 다른 제주를 본다
갈매기와 인사하고 돌아서면
몸과 마음이 힐링
상큼한 공기 마시며 파란 바다 보고 걷다가
독립적인 섬에서 외로움의 맛까지 즐거움임을 안다
마라도는 무엇이든 그려지는 행복한 꿈

산굼부리

가을에는 산굼부리를 가자
만개한 억새풀 사이로 걷다 보면
가을 향기를 품게 된다
억새의 황금 물결에 몸을 맡기면
요람에서 누워 있는 듯하고
살랑거리는 억새풀 소리에 가을답다고 뭉클해지는 곳

분화구 정상에 오르면
멀리 대평원에서 말 타고 달려오는 이를 본다
억새풀 사이로 자세히 보다 보면
아름다움에 눈이 감기고
눈을 떠서 한라산 모습에 반하다가
억새풀 서걱대는 소리에 가을을 만끽한다
오름 품고 가을 소풍하기에 최고인 명당 산굼부리

수월봉

해안 절벽을 따라 드러난 화산암층이 책처럼 누워 있다
화산재가 겹겹이 쌓여 만들어진 층은 경이로워 눈이 부시고
아름다움에 빠져 있다가 일몰까지 보면 더 아름다워 망부석 된다
파도 소리 들으며 수월봉 엉알길 따라 걷다 보면 이곳이 천국인 양
수월봉 절벽에서 흘러나오는 물은 녹고의 눈물인 듯
가슴에 얼마나 한이 맺혔으면 해안의 모래는 검은 색인지
기왓장처럼 쌓인 화산체 절벽은 감탄을 자아내고
시간이 쌓은 이야기가 바람을 타고 전해져 온다는
바람의 언덕을 홍분 속에 오른다
뻥 뚫린 가슴을 만지며 스스로 신선이 되는 곳 수월봉

비양봉

하늘에서 날아왔을까
화산탄 흔적을 보면 사실인 듯
한 봉우리에 두 개의 분화구가 있어 안경 쓴 모습
같다
비양나무가 자생하는 비양도는 작은 섬이지만 큰 섬

코끼리바위를 거쳐 돌 공원과 자갈밭 해변을 지나
수석거리를 따라 해변을 걷는다
해변의 조약돌들이 마음밭을 갈고 닦는 것에 고개
끄덕이다가
바닷가 조약돌들도 인생처럼 수행 중인 것을 본다
펄랑못에서는 못인지 바다인지 내기해도 좋고
비양항에서는 제주도를 한눈에 보아도 좋다
더 깊은 맛을 보려면 숲길 따라 오르면 되는데
조릿대 숲 터널을 통과해야 기댈 수 있는 곳이 나
온다
비양봉 정상 비양등대에서 신호등이 되어 보다가
다 내려놓고 몸만 빠져오면 새처럼 날고 싶어지는
곳
하루를 보내고 다시 오마 뒤돌아보는 섬 비양도

새별오름

별처럼 아름다워 새별오름인가
별의 모양과 닮아서 새별오름인가
저녁 하늘의 샛별같이 외롭게 서있어 새별오름인가
평화로운 들판에 우뚝 서 있는 부드러운 오름
10월 억새풀이 만개했을 때 새별오름은
하얀 나비인가 흰 꽃들이 만개했는가
10월 한 달을 위해 새별오름은 평원에서 기다렸나 보다
온 산이 하얀 오로라처럼 춤을 추는 오름
10월은 새별오름에 올라야 가을을 말할 수 있다

이달봉과 촛대봉은 능선으로 팔베개하고 사랑을 속삭이지만
새별오름은 이름처럼 별이 되고 싶어서인지
들불 축제 때는 하늘로 붉디붉은 날개를 편다
온 산을 불태우는 화염 속에서 승천하는 새별오름
온갖 상념 태워 날려 보내면 새로워진다며
하양도 빨강도 칠흑처럼 검은 자국만 남기고
새날을 또 다시 기약하는 별이 되어 나타나는 새별오름

체오름

아담과 이브가 앉았을 나무 밑에서
체오름을 오르기 전에 체 같은 풍경을 본다
나 홀로 서 있는 후박나무는
혼자여도 성곽의 수문장이다
병풍처럼 둘러싼 푸름 속에서
포근히 감싸고 있는 편안함에 온몸이 풀린다
천국에 가서 체오름을 보지 않았다면 수다를 떨 수 없으리라
오름 같은 오름을 보지 않고 어떻게 오름을 말하랴
천국에 오름이 있다면 이런 모습일 터
체오름 아래 왕따나무 밑에서 누워 하늘을 보며 천국을 체험한다

송악산

세상의 끝에 도달한 듯 풍경이 아찔한 곳
믿지 못할 비경이 눈앞에 펼쳐지고
숨은 보석 같은 송악산 둘레길로 오르면
해안선 따라 절벽의 풍광에 걸을수록 탄성이 난다
비현실적인 조화는 이곳만의 작품
파란 하늘과 청록색 바다를 배경으로 겹겹이 등장한다
초현실적 풍광이 화성에 온 느낌
이곳은 산이 아니다
해송 삼림욕장이다
솔향기 그윽해서 취해서 걷다 보면 넋을 잃을 정도
숲이 아니다, 산소공장에 들어섰다
삼림욕을 하다 보면 별천지 속에서 숨 쉬는 듯
이곳은 트레킹 코스가 아니다
천상의 길 위에 서 있는 것이다
기암절벽이 늘어선 해안선을 따라
짜릿하고 화끈한 제주도의 속살 체험장이다
해변은 관광객들의 성지다
낙원이라는 찬사조차 진부하다
수식어가 필요 없는 곳
그냥 송악산으로 충분하다

시원한 숲길을 따라 걷는 내내 지저귀는 새들의 영롱한 울림

하늘빛 바다와 절벽이 환상적인 그림을 그려낸다

가슴 설레는 색다른 트레킹을 원한다면 당연 송악산

가파도

산방산 송악산 한라산이 한눈에 밟히는 가파도
고집스럽게 누워 있는 가파도 위에 누워 보라
하동항 바다에서 태양이 떠오른 흔적을 찾고
상동항 포구에서 석양의 노을을 느껴라
바다 위 한 점 가파도 섬 가운데 있다는 것은
경이롭다 못해 눈을 감아야 할 정도
마라도 등대가 멀리 보이고
항해 중인 선박들이 점점이 사라지는 모습을 보면서
가파도가 주는 선물을 한 아름 챙겨 보라
청보리 축제 때는 온 섬이 청보리밭
청보리밭 사잇길을 산책하다 보면 몸과 마음도 파랑
속살을 숨기지 않는 가파도를 걸어 보라
짓단짓밭에서부터 환해장성 거쳐 물앞밭까지

멀리서 보면 가랑잎 떠 있는지 가오리 한 마리인지
가파도에 가서 제주도를 한눈에 보며 확인하라
바다색은 기본이고 청보리 색과 도로까지 조화되는 섬
붉은 기운의 돌 하나까지 아름답고
가장 먼저 봄소식 전해주는 청보리섬

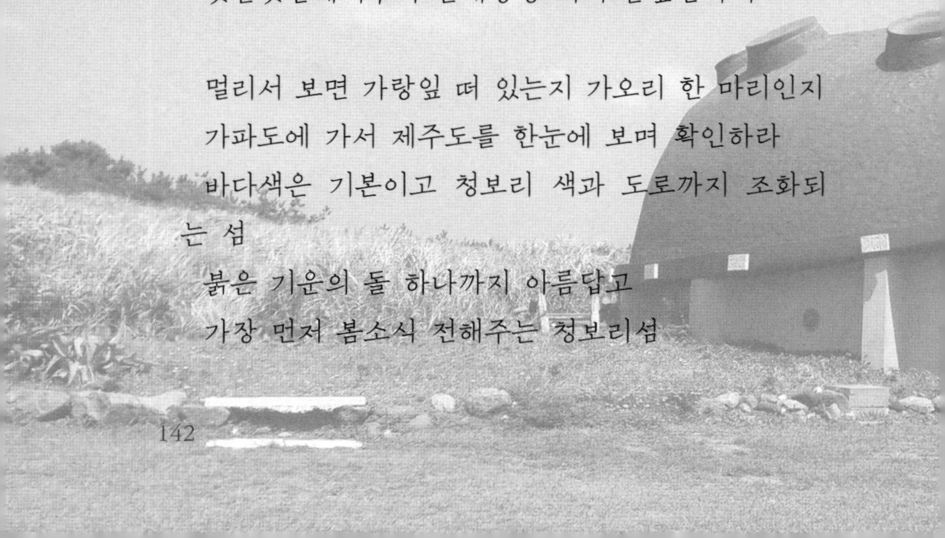

4월에는 보리 바다가 춤추듯 넘실대는 가운데에서 보라
청보리밭 빗질하는 바람 따라 걸으면
내가 파도처럼 격렬히 출렁임을 알 것인즉
노랑 꽃 빨강 꽃 하얀 꽃들은 왜 그렇게 많은지
꽃멀미를 경험하게 하는 이색지대
대한민국에서 가장 키 작은 섬
대한민국에서 최고 높은 한라산과 비교되어
바닷속으로 사라질까 봐
바다의 풍랑도 가파도에서는 조용히 지나감도 보라
가파도는 아름다워서 치명적인 섬

우도봉

켜켜이 쌓인 영겁의 신비
대자연 앞에 겸허를 만난다
태평양을 마주하고 우뚝 솟아오른 절벽이 까마득하다
누구도 흉내 낼 수 없는 신의 손길에
그 무엇도 감히 허락지 않을 절벽
한눈에 담아내기 힘든 장관이 펼쳐진다
신이 빚은 자연의 민낯을 마주한다
찾을 때마다 숨은 매력을 발견하는 곳
인간의 건축물이 아무리 웅장해도 신의 선물에 비교할 수 있을까
어디에서도 볼 수 없는 제주도의 천연미
광대한 공간이 발산하는 자연의 숭고함을 본다
이곳은 숨은 명소가 아닌 꿈의 여행지
환상을 현실로 맞이하며 대자연을 품는다

쫄본갑마장길

조랑말 체험공원에서 시작한 꿈같은 길
표선면 가시리에 조성된 길 아닌 꽃길
이름도 아름다운 쫄본갑마장길
곶자왈과 오름을 한꺼번에 감상하는 곳
따라비오름과 큰사슴이오름을 눈에 담고 걷는 길
풍광이 아름다워 구름 위의 산책
4월초 녹산로 따라 걷다 보면 벚꽃밭인지 유채밭인지
보이는 것 전체가 한 폭의 수채화
설렘 폭발 로맨틱한 분위기
아날로그 감성에 빠지다가 새로운 라이프 스타일을 보는 곳
꽃길 걷는 재미에 쏠쏠하다가 개성 있는 분위기에 오감을 느낀다
남기고 싶은 순간을 향기로 기억하게 만드는 몽환적인 분위기
몸도 마음도 카르페 디엠
환상적 풍경과 자연색이 상상 이상으로 강렬한 여운을 주는 곳
하늘이 가꾸는 정원을 품는 곳

한라산 선작지왓

영실 계곡에 앉아 향기를 맞는다
산림에서 밀려오는 것은 상큼한 바람만이 아니다
새소리인 듯 물소리인 듯 자신을 무장해제시킨다
눈이 맑아지자 마음이 편안해진다
정화되는 것은 신체와 정신만이 아니다
숨비소리가 들린다
도토리 구르는 소리가 들린다
맨발로 걷는 발자국 소리도 들린다
하늘 구멍사이로 올려다보며 오른다
여긴 생명이 숨 쉬는 터전
맑은 공기와 깨끗한 물로 숲이 이루어져 있다
태곳적 신비의 편백나무와 삼나무의 자연 숲
산림 치유인자가 가득하여 행복 가득한 숲
숲을 느끼고 치유되어 날아간다
미소 머금고 걷다 보면 초심으로 돌아가고
숲을 만끽하다가 울창한 그늘에서 누워
숲의 소리에 귀기울이다 보면 행복 그 자체
한껏 몸을 풀고 영실기암 보며 오르다 보면
봄에는 철쭉으로 온 산을 붉게 물들이는 환상과
만난다

겨울을 가르고 피어난 철쭉을 보며 지친 영혼을 밝힌다
알 사람은 다 아는 명소
영혼까지 그냥 싹 씻어 버리고 싶을 때
영혼을 샤워하는 곳
새들이 무어라 떠들어도 내용을 기억할 수 없다
영혼을 씻고 있으니까
사이다 같은 곳
미세먼지에 답답해진 마음마저 뻥 뚫어줄 곳
영실기암 상부부터 윗세오름까지 바로 하늘공원인 한라산 선작지왓

삼다수 숲길

왼쪽에서는 새소리
오른쪽에서는 물소리
귀가 두 개라는 것에 감사하면서 걷는 숲길
끝없이 펼쳐진 조릿대 위로 거대한 삼나무가 하늘을 가리고
오르면서 온몸이 호사하며 걷는 길
하천 따라 나 있는 오솔길은 행복이 가득
한가하여 더욱 좋은 아름다운 삼다수 숲길

유유자적 발길 닿는 대로
어디든 눈길 가는 대로 여유롭게
잠깐 짬 내어 흐르는 물에 손을 담가 보면서
색다른 氣를 느낀다
타오르는 꿈과 열정을 가지고 있는데 그것을 억누르는 것이 더 힘들듯
차라리 폭발시켜 버리기보다는 불태워 버리는 것이 나은 듯
유혹당하고 싶어 다시 찾는 삼다수 숲길

눈과 마음을 단번에 사로잡는 곳
그저 바라보며 걷기만 해도 천국을 마주한 듯

물소리에 유혹당하면 어떠하랴
낭만 만끽의 숲길
환상적인 풍경이 끝나는 곳에는 빽빽한 삼나무 숲
산책과 여행의 멋진 궁합
바로 삼다수 숲길

송양의 시집

제주도

초판 1쇄 발행 2018년 1월 8일

지은이 송양의
펴낸이 송양의
펴낸곳 월파출판

등 록 제2010-000004호
주 소 충남 천안시 서북구 불당25로 8, 302동 2703호
(불당동, 호반써밋플레이스 센터시티)
전 화 010-8768-7109
이메일 sye4473@hanmail.net
공급처 정은출판 ☎ (02)2272-9280

ISBN 979-11-85358-10-9 (03810)

정가 10,000원